NF文庫
ノンフィクション

海軍軍医のソロモン海戦

特設掃海艇軍医長の戦陣日記

杉浦正明

潮書房光人新社

まえがき

本書の大部分は私の兄、旧帝国海軍の軍医大尉であった杉浦正博《すぎうらまさひろ》の日記である。兄は昭和十八年十月、二十三歳（数え年二十四歳）の若さで戦病死した。その日記が戦後五十五年を経た今、出版の機を得て世の方々の目に触れさせて戴《いただ》く運びとなった。

これは回顧録ではない。先の大戦について書かれたものの中で、個人の記録としての戦記は実に多くの人に書かれ出版されて来た。だが、それは大半が回顧録であったように思う。

これは正に第一線の若き軍医が、軍艦の中で毎日書き綴《つづ》った戦争の記録であり、かつまた個人の日記でもある。私の手元に残されているものは、昭和十七年六月の出征から同年の大晦日までの半年間に書かれたA４判のノート一冊である。

『大東亜戦争・戦陣日記』と題したノートの冒頭には、ソロモン諸島方面の手書きの地図がある。兄が就《つ》いた主な任地だ。南方の一大軍事拠点で有名なラバウルのあるニューブリテン島、連合艦隊司令長官・山本五十六《いそろく》大将の戦死したブーゲンビル島、「餓島《がとう》」と呼ばれたガダルカナル島などを含む大東亜戦争の激戦地の海域図である。

続くは海と船を描いた三枚のクレヨン画。そこから七十一ページにわたる日記が始まり、半年間の経緯《いきさつ》と様々な思いが細かい文字でびっしりと書かれている。

若き軍医は最後は「戦病死」という形で、負傷から四ヶ月後にこの世を去った。病気ではないので「戦傷死」という言葉があればふさわしいと思うのだが……。

毎年八月十五日の終戦記念日になると、あの戦争の事が必ず話題になり、兄の事を思い出さない訳にはいかない。

死にゆく者の無念さは如何《いか》ばかりか、生き残った者が伝えなければどうして英霊が浮かばれよう。過去にも本にして多くの世の人に読んで欲しいと思った事は何度かあるが、諸々の理由から実行出来なかった。しかし、あの戦争の評価が様々な方向に広がり、その行く末が余りにも懸念され、私自身も決して若いとは言えない年齢になった。今ここで出さないと、いつ出すのだという自責にも似た気持ちに駆られたと同時に、兄の口からも、少しは言わせてくれ、と言われているような気がしてならない事から今回の出版に踏み切った次第である。

第一線の戦場に居ながらも医者という立場から、戦闘行動そのものに参画する事はなかったが、比較的恵まれて部屋を持たされていたので、几帳面な兄は幸いにも日記を欠かさず書く事が出来たのだ。

あの兄が生きていれば……と何十回、いや何百回思った事だろう。父は戦争が終わって兄が帰って来たら病院を建てるつもりで、自宅近くにある程度の土地を用意して待っていた。長男であり、帝国海軍の軍人として初めて送り出した息子でもあるので、その期待は非常に大きなものがあった。だが悲報を受けた時、父はショックの余り半年もの間、呆然自失となってしまった。

兄の日記を読んで思う事だが、後世に残すため、家族に残すために最初から遺書のつもりで書いていた事がはっきり意識出来る。戦場に出るからには当然、死を意識しないはずはない。もしもの場合、この気持ちをしっかり読んでくれよ、と思いつつ書いていたに違いない。

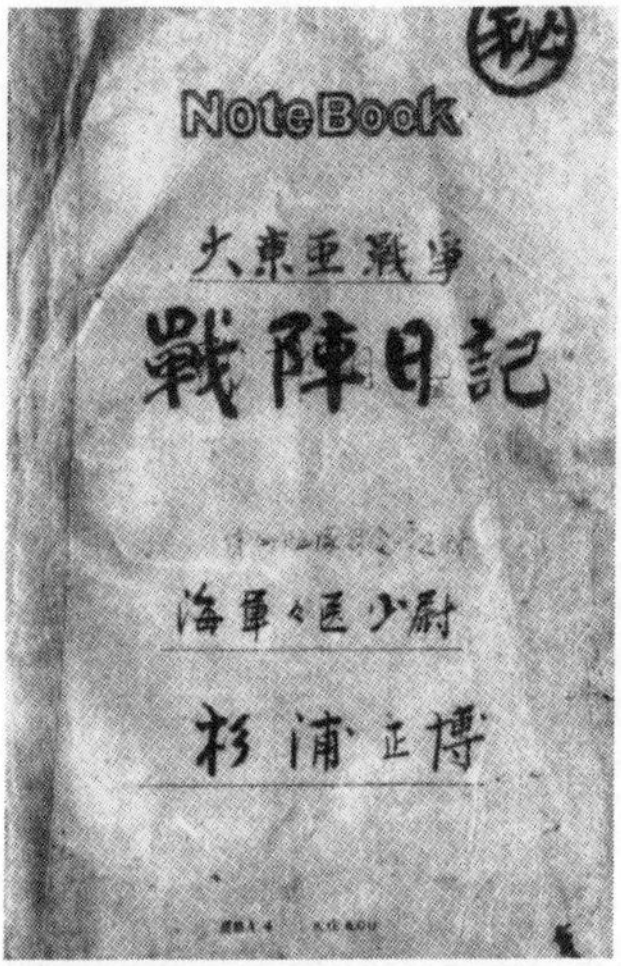

杉浦正博軍医大尉が遺した「戦陣日記」

だとすればきちんとした形で読めるようにしてやらねば、家族がそれをしてやらねばならないと思う。

何度も読み、また人様にも見て頂いた、たった一冊の日記帳はボロボロになり、青いインクで書かれた文字もかすれ始めている。体裁もくずれ、いずれは読めなくなってしまうかも知れない。私自身もいずれは死ぬ。弟や姉妹も同様だ。そして英霊という死者の口は永遠に閉ざされてしまう。

戦前と今とでは全く価値観が変わってしまった面が多いが、日本の歴史は戦前も現代も、紛れもなく一本の糸の如く繋《つな》がっているのである。世の中がどう変わろうと、人の心の奥底にある「人間の絆《きずな》」は変わらないものと信じたい。

戦争は悲惨だ、と誰もが言う。それは戦争を経験した者もしない者も口を揃えて言う。そして戦争を経験した者の多くは戦争の悲惨さを後世に伝えるべきだと言う。では何を以《もっ》てすれば伝える事が出来るのだろうか。死体の転がる写真か。あるいは原爆のキノコ雲なのか。それも一つの手段だろうが、若くして国のために、家族や愛する人を思い、自らの葛藤の中に死んで行った人間の声こそが、正に歴史の「生き証人」として悲惨さを後世に伝える有効な手段ではないか。死んで行った者の最前線の「口」を開いてやってこそ、本当の「戦争の悲惨さ」が理解出来るのではないかと私は思う。

死……それは人生最大の悲劇であり、これ以上、遺《のこ》された家族を落胆させ、不幸に陥《おとしい》れるものはない。戦争の是非論がどうであれ、戦争には必ず死が伴う。

戦争には人と兵器が要る。兵器はモノであるが兵士はヒトである。感情を持った生身の人間なのである。「国のため」という大義とはいえ、本心から死にたいと思う人間はいない。だが、国の大義の前に本心は語りにくい。いつの世も人は建前と本音の間《はざま》で苦しむ。その結果、自殺という死を選ぶ人もいる。しかし、死にたくもないのに、死を賭けなければならない「大義」の前で揺れ動く本音を噛《か》み殺した「心情」は察してやらねばならない。

あの戦争を振り返る時、前線という戦闘現場で「生と死」「国の大義」や「戦争とは何か」を考えながら、また飢えや病に苦しみ、遠く離れた祖国に妻や幼い子供を遺して死んで行った者の声が戦争論の原点としてあるのではないだろうか。そして死にゆく者と遺族の悲しみを分かち合う事が、それこそが本当の「戦争の悲惨さ」を知る事なのだと私は思う。

この『戦陣日記』はいわゆる「戦記」ではない。戦闘場面の描写も少なくないが、多くは南洋の前線に於ける乗艦軍医長としての主観的、客観的心情を個人の日記に吐露《とろ》したものである。筆記当時二十二歳の若者が何を考え、何を憂《うれ》い、何を喜びとしたか、多少なりとも汲んで戴《いただ》けたら、遺族である肉親として幸いの極《きわ》みである。

平成十二年　春

杉《すぎ》浦《うら》正《ただ》明《あき》

*本書に掲載した「日記」の原文は旧字体、旧仮名遣いで記されているが、本書では原則として固有名詞を除き新字体新仮名遣いで表記した。

海軍軍医のソロモン海戦——目次

写真提供——著者・雑誌「丸」編集部

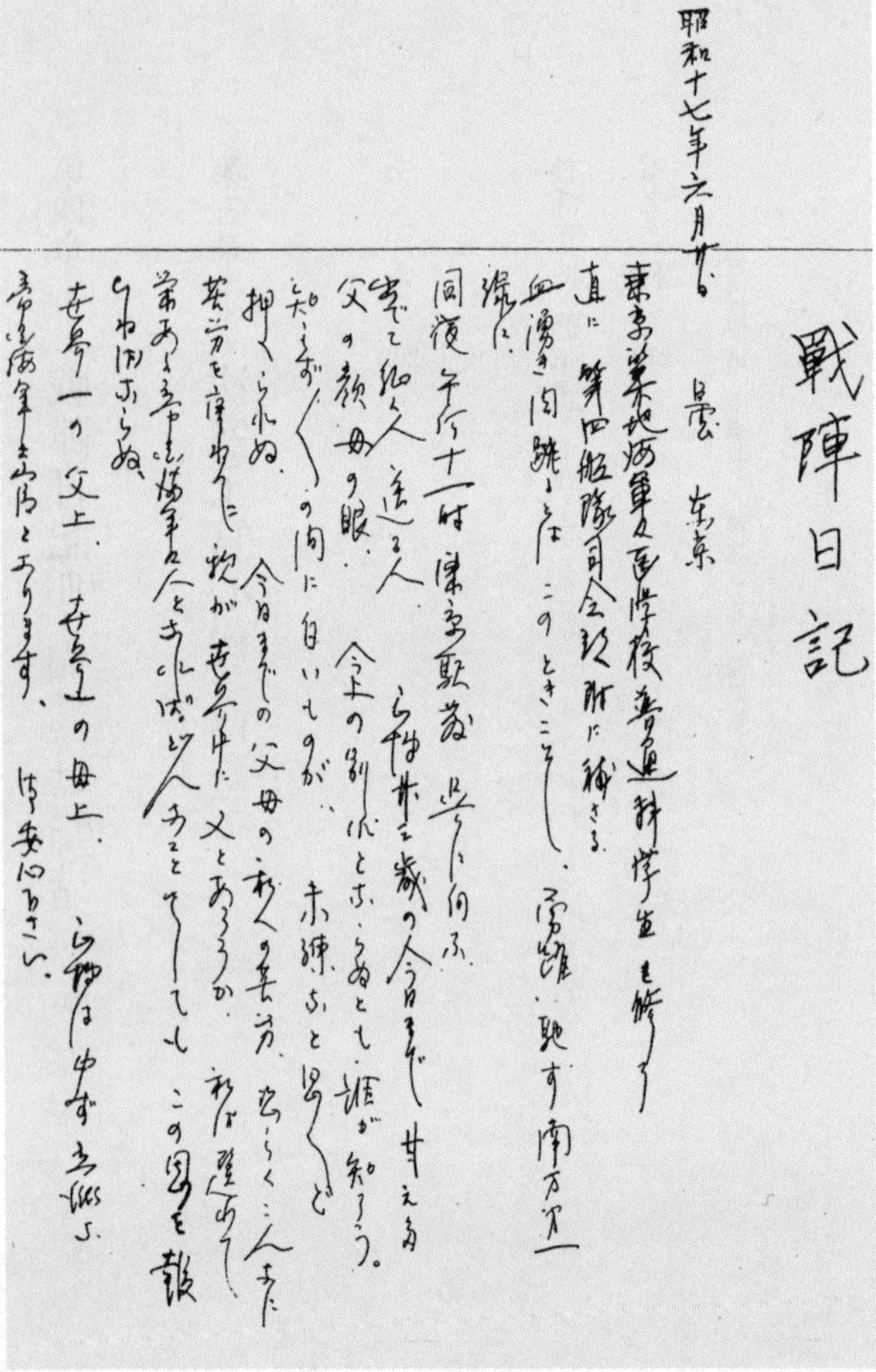
戦陣日記

昭和十七年六月廿日　曇　東京

東京築地海軍軍医学校普通科学生を修了
直に第四艦隊司令部附に補さる。
血湧き肉躍るはこのときこそ。雲路、馳す南方第一
線に。
同夜午后十一時　東京駅発　西下に向ふ。
出でて征く人　送る人　[illegible]廿七歳の人今日まで甘えたる
父の顔　母の眼。　今上の別れとならぬとも。誰が知ろう。
知らずしらずの間に白いものが…　赤涙ふと思へど
押へられぬ。　今日までの父母の私への苦労、恐らく二人共に
苦労を[illegible]　我が[illegible]父とあろうか。私は[illegible]
常あれ帝国海軍の人と[illegible]人となりしても　この恩を報
いねばならぬ。
世界一の父上、世界一の母上。[illegible]
帝国海軍士官として参ります、　博　安心下さい。

――杉浦正博軍医大尉が遺した「戦陣日記」

静子よ、正信よ、滋子よ、艶子よ、英子よ、正明よ、
強子よ、正剛よ、幸子よ、洋子よ、
皆やさしい姉妹兄弟だった。私は兄としてお前達
に兄らしい兄であったろうか、兄としてやさしい言葉をかけてやった
事があったろうか、許して呉れ、でもこの兄の心は常に
お前達十人の心の中にとけて流れて居る、
兄妹十一人は必ず立派な人となろう。貧富を言うのでは
ない、皆が仲良く暮らしてゐなければならないのだ、十一人が一生
かかってやればよいのだ、どんな苦難の道が目の前に来よ
うとも　兄弟は、亡き父が口癖の様に言って居た様に
"石に噛りついても"の精神で集城えねばならぬ、兄は亡
にきの精神でやって来た、これからも同じだ
やさしい十人の弟よ妹よ。
仲良く　捷ましく　何にかぢりついてもやり通せ。
東京都紋わがく夫達、私は、祖父、両親、洋子、静子、
艶子、燈子、勝利の叔父、須藤先生、高橋先生、
山岡君子、昭子ら姉妹、に堪く感謝

ソビエト社会主義共和国連邦
オホーツク海
カムチャツカ半島
コマンドルスキー諸島
黒龍江
樺太
ハバロフスク
千島列島
ウルップ島
択捉島
国後島
満州国
ウランバートル
ノモンハン
哈爾浜
長春
ウラジオストク
千歳
蒙古人民共和国
北京
大連
京城
日本海
日本
黄河
黄海
呉
東京
各務ヶ原
中華民国
洛陽
松山
大村
鹿屋
ブータン
武漢
上海
重慶
揚子江
琉球列島
沖縄
インド
台北
台湾
高雄
硫黄島
南鳥島(マーカス島)
ビルマ
香港
ハノイ
海南島
ベンゲット
フィリピン海
ウェーク島
ラングーン
タイ
バギオ
ルソン島
マリアナ諸島
仏領
インドシナ
マバラカット
マニラ
フィリピン
テニアン島
サイパン島
バンコク
グアム島
プノンペン
サイゴン
エニウェトク島
レイテ島
南シナ海
ヤップ島
ウルシー島
クェゼリン島
シンゴラ
ブルネイ
ダバオ
パラオ諸島
カロリン諸島
コタ・バル
英領
ボルネオ
ミンダナオ島
トラック島
ポナペ島
シンガポール
セレベス島
ボルネオ島
マノクワリ
アドミラルティー諸島
ナウル島
パレンバン
蘭領東インド
アイタペ
ラバウル
スマトラ島
ジャワ海
ニューギニア
ラエ
ニューブリテン島
ソロモン諸島
ジーカルタ
スラバヤ
バンドン
ジャワ島
サラモア
チモール島
ポートモレスビー
ガダルカナル島
インド洋
ポートダーウィン
珊瑚海
エスピリッサント島
ニューヘブリデス諸島
オーストラリア
ニューカレドニア島
ヌーメア

海軍軍医のソロモン海戦

——特設掃海艇軍医長の戦陣日記

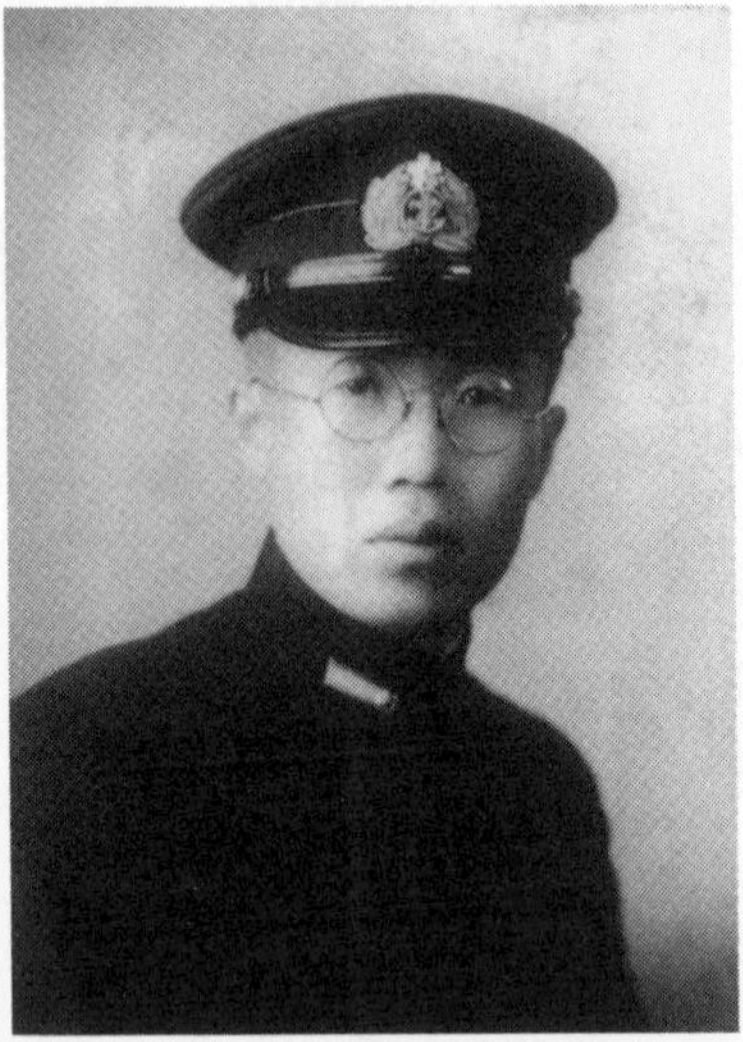
昭和17年、杉浦正博軍医少尉

第一章——兄正博の生涯

生い立ちから出征——そして戦死

兄、杉浦正博は大正九年一月十二日、父武と母タイとの間に、五男七女の総領息子として千葉県香取郡佐原町（現佐原市）に生まれた。その後東京府東葛飾郡大杉村（現江戸川区大杉二丁目）に移り住み、そこで少年時代を過ごした。

村内の松江小学校を出ると日本大学付属第一中学校へ進んだ。その後は医者を目指し、日本大学の医学部へと進んだ。そして東京築地の海軍軍医学校（現国立がんセンター中央病院）を卒業すると、海軍の第四艦隊に配属された。

昭和十七年六月二十日、東京駅から列車で広島県の呉軍港へ向かった。そして海軍の重要拠点（根拠地）トラック島に向かうため、南方第一線に出航する重巡洋艦「衣笠《きぬがさ》」に便乗した。

トラック島は「日本の真珠湾」とも呼ばれ、ラバウルと比肩する程の一大軍事拠点であった。兄の配属先である第四艦隊の司令部があり、連合艦隊の泊地ともなっていた。当時、民間人を含め三万人以上の日本人がおり、ラバウルの後方支援基地にもなっていた。

兄の『戦陣日記』は東京駅出発から始まり、この年の大晦日までの約半年間にわたってほとんど毎日綴《つづ》られている。

日記の冒頭にまず「次室士官心得《じしつしかんこころえ》」がある。恐らく卒業から東京出発までの期間に書いたのだろうと思う。

これは「スマートで目先が利いて几帳面、負けじ魂これぞ船乗り」という「海軍精神」を説いた訓戒であるが、こと細かにわたり自律の精神と、上官や部下に対する配慮が書き連ねられている。兄のこれを書いた時の意気込みは並大抵のものではなかった事だろう。被命と同時に初めて戦線へ送られる若き兄の気概が、どれ程のものかを如実に表わしているものだ。ここで言う「スマート」とは表面的な格好の良さではなく、「訓練を尽くし準備完了した時の余裕のあるすがすがしい姿勢」の事である。

出征当時はアメリカと戦端を開いて既に半年が過ぎ、大東亜戦争の最初の負け戦と言われた「ミッドウェー海戦」も過ぎた頃で、国のために敵を殲滅《せんめつ》せんとの意気が揚々《ようよう》としていたのだろう。

この「次室士官心得」は海軍の初級士官に伝統的に引き継がれたもので兄の創作ではない

が、現代の指導者—政治家や組織幹部への心得としても非常に有効だと思うので巻末に載せた。ぜひお読み頂きたいと思う。

＊

この日記は昭和十八年四月、内地（横須賀）へ一時帰還した時に実家に置いて行ったものである。当然十八年の元日から書き始めた日記も在ったのだろうが、船と共にマリアナの海深く沈んでしまった。

兄が内地へ帰還し、六月初旬に再び南洋の戦線へ復帰するまで約二ヶ月あった。その間の兄の思い出については後述するにしても、兄がどのような気持ちで内地に戻り、何を思い過ごしたか。そして再び戦場へ赴《おもむ》いた時の気持ちを知る術《すべ》は何もない。つくづく二冊目の日記が残っていたらと悔やまれる。

＊

呉軍港より重巡「衣笠」に便乗した兄は七月四日、トラック島で下船し、しばらく陸上勤務に就《つ》いた。同月二十六日、サイパン島に移り、そこで哨戒艇「第二文丸《ふみまる》」「第三関丸《せきまる》」両艇の軍医長を被命した。八月二日、「海平丸」（四三〇〇トン）に便乗し、テニアン島を経由して八月八日、任地ニューブリテン島ラバウルに入港した。そこで「第二文丸」（艇長・永田予大尉）着任となり、以降、ラバウル、ショートランド島、ブカ島、ニューアイルランド島カビエンなどの海域の対潜哨戒《しょうかい》任務に就《つ》いた。

十七年の大晦日をカビエンで迎え、残されている日記はそこで終わっている。

兄が常時乗っていたのは「第二文丸」である。この船は元々、大洋捕鯨（現大洋漁業）所属の捕鯨用キャッチャーボートで海軍に徴用されたものだ（特設掃海艇、約三〇〇トン）。昭和九年に始まった日本の南氷洋の捕鯨は十六年頃には最盛期を迎えていた。だが、開戦によって航路が戦場になったので十七年以降は中止を余儀《よぎ》なくされた。この出漁中止によって捕鯨母船やキャッチャーボートのほとんどが徴用《ちょうよう》されたのである。その一つが「第二文丸」という訳だ。特に日記の中に出て来る「図南丸《となんまる》」は我国の捕鯨の基礎を築いた有名母船であった。

＊

前述のように、兄は昭和十八年の春に一度内地に戻って来ている。二ヶ月の休暇の後、再び南方の戦地に向かった。その時兄が再び軍医長として乗艦したのが特設砲艦「昭徳丸《しょうとくまる》」（一九六四トン）だ。

この艦の由来は分からないが、「丸」が付いている事からやはり民間徴用船なのだろうと思う。二冊目の日記が残っていないので何も分からないし、海軍資料を開いても本来の軍艦以外は載っていないので調べようがなく残念だ。（編集部注・嶋谷汽船からの徴用）

ここで兄の乗った「昭徳丸」が被雷してから死去するまでの経緯を知る限り話そう。

横須賀を出港した「昭徳丸」の任務は、サイパン守備隊増強のための兵員輸送船団を護衛する事だった。船団を無事送り届けた後、サイパンやグアム付近のマリアナ海の警備をしていたのだろうか。

十八年六月二十八日の事だった。「昭徳丸」はサイパン島沖、ロタ島付近で敵潜水艦の魚雷攻撃を受けた。「昭徳丸」は戦闘用に改装されていたとはいえ、もともと民間船なので軍艦に比べて舷側の鋼板が薄く、敵の攻撃には弱かったのだろう。艦は魚雷一発ないし二発で沈んだようだ。

一発目の魚雷は艦の烹炊所《ほうすいじょ》（炊事場）付近に命中し、そこにあった炊事用の釜が爆風で吹き飛ばされ、その破片が近くに居た兄の腕から肩にかけて当たり、骨が露出するほどの重傷を負った。だが、軍医だった兄は冷静に自ら応急止血処置をした。

やがて「総員退艦」の命が下り、総員が退艦するのを見届けた後、兄は艦長と共に海に飛び込んだ。不幸中の幸いなのか、あるいは幸なのか不幸なのか何とも判断しかねるが、偶然にもそこに流木が有り、艦長と共につかまったのである。

二人が艦から十数メートルの距離にあった時のことだ。第二発目の魚雷が当たり、艦に搭載されていた爆雷が瞬時に誘爆したのである。その両爆薬の衝撃的な水圧で、海中に居た二人は海水と共に数メートル激しく突き上げられたという。

この瞬間が二人の命運を大きく分ける事になった。

艦長と兄は一本の流木につかまっていたが、兄は艦の方へ前を向いた姿勢で、艦長は艦に対して背を向けていたのだ。つまり二人は互いに向き合う格好だった。敵潜の魚雷と自艦の爆雷の衝撃波が二人を襲った時、前向きだった兄は下半身にその爆圧をまともに受け、内臓が前後逆転するほどの大怪我を負った。特に腸の損傷は致命的でひどいものであった。一方の艦長はほとんど無傷だったようだ。骨という鎧《よろい》があったからである。

兄は一発目で腕と肩に重傷を負い、二発目で内臓に致命的な傷を負いながらも流木を手離す事なく、艦長と共に励まし合いながら丸一昼夜漂流した。近くにサイパンが見えたが、潮の流れで二人はより遠くへ流されてしまった。

激痛と辛苦《しんく》に悶絶《もんぜつ》しながらの漂流は正に地獄そのものであり、その恐怖と絶望感は筆舌に尽くし難いものがあったことだろう。ここで普通なら重傷の兄はもちろんのこと、艦長でさえ力尽きてしまうところだと思うのだが、不幸中とはいえ、よくもこのような幸運が人間には巡って来るものだと思う。二人はロタ島（サイパンとグアムの中間に位置する島）に漂着したのだった。ロタにて友軍に助け上げられたが、ロタの野戦病舎には兄の重傷を処置出来る医療設備はなかった。そこで八月になり、ロタにたった一機しかなかった飛行機で内地へ運ばれたのである。艦長も一緒だったのだろうし、航続距離からしても戦闘機ではないだろう。飛行機は広島県の岩国飛行場に直行し、それから呉海軍病院へと搬送された。これは、軍医を死なせてはならぬという軍の特別の配慮があったからだ。

腸がやられて全く機能せず、食物を口にする事は出来なかった。体力の衰弱が激しくて開腹手術も不可能であった。手術をしない限り治癒、回復の期待はなかった。唯一の延命治療はリンゲルや葡萄糖《ぶどうとう》を注射するしかなく、日に日に痩《や》せ細って行った。この時に、もし今の点滴療法があれば体力は回復し、手術も出来たはずと思う。当時のアメリカ軍には点滴があった事は後に知った。

しばらくすると寝返りも打てなくなるほど弱り、床ずれがひどくなった。その状態が長く続いた。

呉より留守宅へ連絡があり、父がまず急ぎ向かった。面会は許されたが、身の廻りの世話は一切する事が出来なかった。終日衛生兵が付き添っていたからである。遅れて母も向かった。母は何とか食べさせて力を付けさせたいとウナギ等も持って行ったが、兄が口に出来るはずもなかった。父も母も弟妹達も、他の家族も呉と東京を何度も往復した。そんな私達に軍は良くしてくれた。汽車のフリーパスを手配するという便宜を図ってくれたのだ。

そして運命のその日は遂にやって来た。

昭和十八年十月二十一日。覚悟していたとは言え、家族には辛《つら》い悲報であった。

それから二ヶ月が経った頃、海軍大臣の副官（中佐）が水兵五名を伴って実家（現江戸川区東小松川）を訪れた。時の海軍大臣、嶋田繁太郎大将が弔問《ちょうもん》に来られるので、その準備をせよという旨《むね》の話であった。また江戸川の役所には戦死届けを提出済みとの事であった。当時の慣習として、都内で海軍士官が戦死した場合は海軍大臣が弔問する事になっていた。

実家から近くの大通り、船堀《ふなぼり》街道までの約三〇〇メートルの小径《こみち》は、当時舗装が施《ほどこ》されてなかったので、急遽《きゅうきょ》、役所の人間が十人ほど来て砂利を敷きつめたのである。

翌十二月二十六日、嶋田繁太郎閣下が訪れ慰霊祭が執《と》り行なわれた。この嶋田氏は後に東京裁判でA級戦犯に列せられ、終身刑に処せられたが、ほどなく釈放され、九十三歳で天寿をまっとうされたという。この弔問時の家族との写真があるので別掲する。

兄は松戸市の都立八柱《やはしら》霊園の軍人墓地に埋葬された。戒名《かいみょう》は「慈海院正義道博清居士」という。三月に中尉になった兄の階級は戦死により大尉に特進した。

兄の最期の様子は詳しくは聞き及んでいないが、何よりも死にたくない、家に帰りたい、家族に会いたいという気持ちだったはずだ。

＊

ここで留守宅において不思議な出来事があった。

亡くなったその日の夕方の恐らく同時刻だろう。辺りが暗くなって来た時、実家の玄関のガラス戸に何かが当たったような物凄い「ドーン！」という音がした。私と姉、弟の三人が何事かと慌《あわ》てて行ってみると、大きな黒い鳥がバタバタと飛び去るのを見た。これは三人とも見ているので間違いではない。カラスかとも思ったが確信はない。

「虫の知らせ」というものだろう。戦死者からの虫の知らせや霊が現われた、という話は戦時中は多かったと聞く。どれほど家に帰りたかったことか。

昭和18年12月26日、海軍大臣・嶋田繁太郎大将弔問時の杉浦家

兄の無念さは如何《いか》ばかりのものだろうか。今も生きていれば、ある程度の名を挙《あ》げ、功《こう》を成しただろうと思うと悔やまれてならない。

我家は昔に良く見られた大家族で、兄は先にも述べたように十二人の兄弟妹の長子である。両親と祖父母を加えて十五人の大所帯の跡継ぎとして、将来の期待を一身に担《にな》っていた。本人もその自覚が充分あったようで勉学に励んだ。そして弟や妹思いの優しい兄だった。

身内が言うのも気が引けるが実に優秀な兄だった。中学の時は全国中等学校雄弁大会（弁論大会）で優勝し、首席で卒業した。そして日本大学を五年間総代で通し、全校総代として卒業した。当時の総長の山岡万之介氏から総長賞として銀の懐中時計を戴いたものである。昔は大学まで行く者は少なく、当時この大杉地区では二人しかいなかった由。それも医学部だというので余計に評判になったようだ。

またこんな評判もあった。二宮金次郎は薪《まき》を背負って勉強したが、正博は赤子を背負って勉強した、というものだ。葬儀の時は大勢の弔問客が訪れたが、それだけ人望が厚かったのだと私は信じている。この山岡総長も偶然か、兄と同じ八柱霊園に埋葬されているという。

＊

兄が生まれた頃、父は番傘の職人で弟子も五～六人抱えていた。その後は江戸川区の大杉へ越した。そこで父は運送業を始めた。軍需工場の専属なので五人の従業員も徴兵される事はなかった。

我家は五百坪あったが、その真ん中に軍用道路（現京葉道路）が出来るというので代替地を貰《もら》った。稲刈りが終わった頃、家をそっくりコロで一キロも移動させたのである。今から思えば考えられない作業だ。ここが東小松川（現西一之江一丁目）で六百坪の土地であった。父は兄が帰って来たら、ここに病院を建てるつもりでいたのである。毎晩の様に病院の設計図を描きながら兄の帰りを楽しみにしていた。

ところが戦病死の悲報。父が一番期待し、すべてを掛けていた兄である。半年位ボケてしまったかのような日々が続き、仕事も何も全く手に付かなくなってしまった。

戦後は子供が多い事もあって気を取り直し、不動産業を始めた。そして昭和四十五年七月三十一日、七十一歳でこの世を去った。母は長生きして平成三年十一月九日、大勢の孫に見取られながら九十二歳の天命を全うした。

十二人の子供を生み育て、長男を医者にするまでの、資産家でもない父母の労苦は筆舌に尽くし難いものであった。この事だけでも一つのドラマになるような苦悶の人生であったと思う。

＊

さて、兄が昭和十八年四月の一時帰還の折り、この日記を海軍将校用のトランクに詰めて帰って来た。再び南洋に戻るまで二ヶ月ほどの休暇があった。戦時下でそんな長い休暇など取れる筈はないと思うのだが、子供だった私には理解出来なかった。私にはその間の思い出が今でも鮮烈に蘇《よみがえ》るのである。

東京の築地に「水交社」という海軍将校専用のクラブがあった。ある日私は兄に連れられてそこへ行った。新小岩から電車に乗って秋葉原を経由し、有楽町で降りて、そこから歩いて銀座を抜け、築地まで行ったのだ。真っ白な海軍の制服を着て銀座界隈《かいわい》を颯爽《さっそう》と歩く兄は、十四歳も離れた私には眩《まぶ》しく見えた。いや何と言っても「カッコイイ」の一言であった。道すがら海軍の水兵と会うと、相手は直立不動で敬礼するので、私は自分にされているようで冷汗ものだったが、兄貴はこんなに偉いのかと、誇らし気な快感を覚えたものだ。普通、将校は小さな子供など連れて歩くものではないのに、兄は私の手を引いて歩いてくれた。そんな弟妹思いの兄だった。この時の光景はいまでもはっきりと私の脳裏に焼き付いている。軍人、武人としての誇り、士官としての責任感、医者としての使命感、兄はそのような気概に満ち溢《あふ》れていたと思うが、決してそれを鼻に掛けるような尊大不遜《そんだいふそん》なエリート意識などはなかった。そうでなければ弟とはいえ、将校が私のような幼い子供を連れて歩く姿を人目に曝《さら》すような事はしなかったと思う。その家族を思う気持ちや優しさは日記の随所に見る事が出来る。

水交社の帰り、兄の先輩が亀戸《かめいど》（江東区）で開業医をやっていて、その日はそこに一緒に泊まる事になった。私は生まれて初めてベッドというもので寝る事になったが、病院用の簡易ベッドなので夜中に転げ落ち、泣いて大騒ぎになってしまった。

ところで医者についてだが、開業医は内科や外科、歯科や眼科など一つか二つの科目を診療するのが普通だ。ところが、軍医はあらゆる病気や怪我に対応しなくてはならない。何科の軍医というのはないのである。ただし、軍医が決して診《み》ることのない科目が二つあった。それは小児科と婦人科であった。

また戦地での話も聞いた。ラバウルでの休暇の時に、現地在住のドイツ人牧師から乞《こ》われて原住民の診療をしたという。当時ドイツと日本は同盟関係にあり、その気安さも手伝って自分の休暇の度に診療を重ねた。牧師はラバウルの山奥に教会を建て布教活動をしていたという。ドイツ人は沢山居たらしい。兄は見返りを求めた訳ではないが、牧師はとても感謝し、何もないが、と言って謝礼として金縁《きんぶち》のメガネをくれたそうだ。日記と一緒に持ち帰ったのだろう。それは私のすぐ上の姉が大切に扱い、今でも愛用している。

兄は満二十三歳で亡くなり、結婚こそしていなかったが、ある異国の女優とのロマンスもあったようだ。復員した暁には……くらいの約束もあったかも知れないが、再会する事なく総《すべ》ては水泡に帰してしまった。兄が出征してからの思い出が少ない中で、これらは私の胸中に暖かいものとして残っている。

軍艦の中では、軍医は艦長に次ぐ重要な存在で大切に扱われ、部下からの信頼も絶大なものがあったらしく、艦長からも一目置かれていた。この厚待遇は陸軍とは少し違うようだ。私はそんな兄を誇りに思い、死後五十七年経った今でも決して忘れる事はない。

＊……「大尉」という呼称についてだが、陸軍では「たいい」が普通だが、海軍では「だいい」と呼ばれていた。

＊……日記文中で、本人が書いている自分の年齢は数え年なので、現代の満年齢では一歳若いことになる。

＊……兄は日記の中で、兄弟姉妹は十一人と書いている。現実には十二人であるが、末の弟は兄の日記が終わってから生まれたので勘定には入っていなかった。

南洋諸島——ソロモン諸島のこと

兄―日本軍が赤道を越える南洋まで行ったのは何故か。

日本が大陸で戦い、太平洋で戦ったのは周知の事であるが、兄が主に行ったソロモン諸島は、日本とアメリカを結ぶ線の遥か南方で、日本・アメリカ・ソロモン諸島の三つの地点で三角形が出来るほど離れている。これは「南洋諸島」が日本の委任統治領だったからだ。南洋諸島とはマリアナ諸島（グアムを除く）、パラオ諸島、カロリン諸島、マーシャル諸島の四つの諸島を合わせた総称で、大正八年（一九一九）、第一次大戦の敗戦国・ドイツから譲り受けたものだ（日本は「日英同盟」に基づいて対ドイツ戦に参加―青島攻略）。正確にはこれらの諸島の赤道以北を指し、赤道以南はオーストラリアが委任統治していた。従って、日本はこの南洋諸島を死守する必要があったのである。

前にも述べたが、兄は軍医学校を出るとすぐに第四艦隊に補されトラック島へ向かった。トラックは連合艦隊最大の泊地で、第四艦隊もトラックを根拠地にしていた。トラックの南方七〇〇海里（一三〇〇キロ）にあるラバウル（ラボールともいう）を連合軍が基地として行動すると、トラックの安全が脅かされる。しかもその位置は、ソロモン諸島の扇の要として戦略的に重要なポイントだった。ラバウルは昭和十七年一月に日本軍が占領するまでオーストラリア軍が所在していた。この攻略にはトラックの第四艦隊が担当となり、同時にカビエンも攻略した。兄がラバウルやカビエンに行ったのは、そういう理由からだったのである。

第二章――戦陣日記(I)

昭和十七年六月二十日〜八月三十一日

昭和十七年六月二十日　曇　東京

東京築地《つきじ》、海軍軍医学校普通科学生を終了、直《ただち》に第四艦隊司令部附《づき》に補《ほ》さる。

血沸《ちわ》き肉踊《にくおど》るとはこのときこそ。勇躍馳《ゆうやくは》す南方第一線に。

同夜午後《ごご》十一時、東京駅発呉《はっくれ》に向《むか》う。

出て征《ゆ》く人送る人、正博二十三歳の今日まで甘えた父の顔母の眼、今生《こんじょう》の別れとならぬとも誰が知ろう。知らず〳〵の間に白いものが、未練なと思えど押えられぬ。今日までの父母の私への苦労、恐らくこんな苦労を重ねた親が世界中にまたとあろうか。私は選《えら》ばれて栄《はえ》ある帝国海軍軍人となれば、どんなことをしてもこの恩を報いねばならぬ。

世界一の父上、世界一の母上、正博は必ず立派な帝国海軍士官となります。御安心下さい。

静子《しずこ》よ、正治《まさはる》よ、澄子《すみこ》よ、艶子《つやこ》よ、英子《ひでこ》よ、正明《ただあき》よ、聡子《さとこ》よ、正剛《せいごう》よ、幸子《さちこ》よ、洋子《ようこ》よ。

皆やさしい温和《おと》なしい妹弟だった。私は兄としてお前達に兄らしい兄であったろうか。兄としてやさしい言葉をかけてやっただろうか。許してくれ。でもこの兄の心は常にお前達十人の心の中に常にとけて流れている。

兄妹十一人は必ず立派な人となろう。貧富を言うのではない。皆が仲良く暮らしていければよいのだ。十一人が一生かたまっていればよいのだ。どんな苦難《くなん》の茨《いばら》の道が目の前に来ようとも兄弟は、不断父が口癖《くちぐせ》の様《よう》に言うている様に、〝石に噛《か》じりついても〟の精神で乗越えねばならぬ。兄は常にこの精神でやって来た。これからも同じだ。

やさしい十人の弟よ妹よ

仲良く　撓《たゆ》まなく　石にかぢりついてもやり通せ

東京駅頭《えきとう》わざ〳〵見送られしは、祖父、両親、洋子、静子、正治、艶子、澄子、野村の叔父、須藤先生、高橋登兄、山門春子、照子御姉妹。不堪感謝《かんしやにたえず》。別れはつきぬ。あの人の顔。眼の底にいまだ残る。

六月二十一日

人の情は知らず汽車は時来《き》たりて一路暗黒の帝都を後に、軍都呉《くれ》へと西下邁進《まいしん》す。

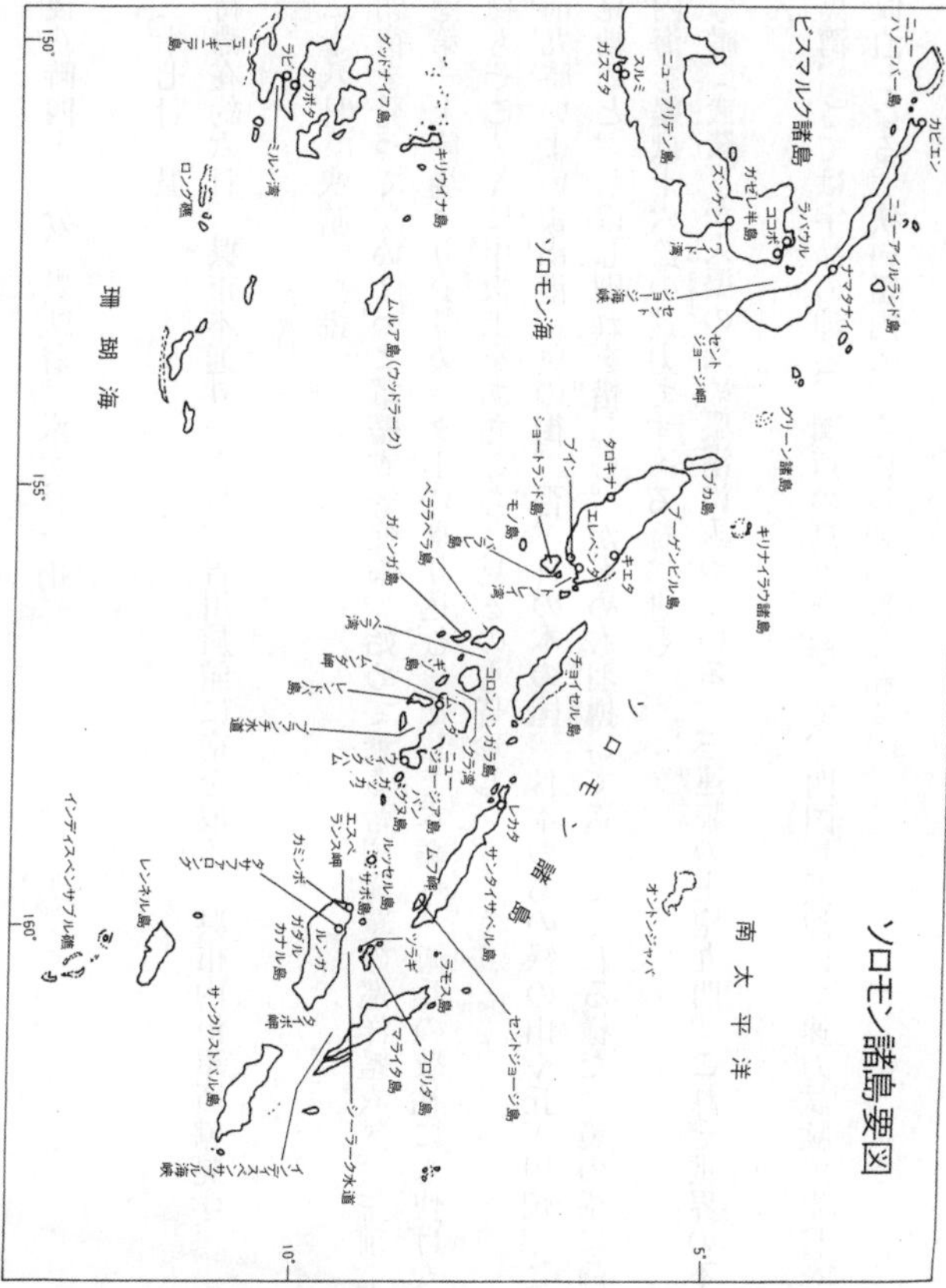
ソロモン諸島要図
南太平洋
ソロモン海
珊瑚海
ソロモン諸島
ビスマルク諸島
ニューハノーバー島
カビエン
ニューアイルランド島
ナマタナイ
セントジョージ岬
セントジョージ海峡
ラバウル
ココポ
ガゼレ半島
ワイド湾
ズンゲン
ニューブリテン島
スルミ
ガスマタ
ニューギニア島
ラビ
タウポタ
ミルン湾
グッドイナフ島
キリウイナ島
ロング礁
ムルア島(ウッドラーク)
グリーン諸島
ブカ島
キリナイラウ諸島
ブーゲンビル島
タロキナ
ブイン
エレベンタ
キエタ
ショートランド島
モノ島
バラレ島
トノレイ湾
ベララベラ島
ガノンガ島
チョイセル島
コロンバンガラ島
クラ湾
ニュージョージア島
ムンダ
ギゾ島
ベラ湾
レンドバ島
ブランケ水道
ウイックハム
ルッセル島
レカタ
サンタイサベル島
オントンジャバ
エスペランス岬
サボ島
カミンボ
タサファロング
ルンガ
ガダルカナル島
ツラギ
フロリダ島
マライタ島
セントジョージ島
シーラーク水道
タイボ岬
サンクリストバル島
インディスペンサブル海峡
インディスペンサブル礁
レンネル島
150°
155°
160°
5°
10°

午後八時四十一分、呉《くれ》駅着。水交社《すいこうしや》一泊。

六月二十七日　呉

船待滞在約六日。呉市本通り一丁目、吉川旅館に宿を取る。呉市内海軍所轄見学。

六月二十八日　快晴　呉港

早朝宿を発《た》って、いよいよ軍艦衣笠《きぬがさ》便乗。始めて乗る帝国海軍の巡洋艦衣笠《きぬがさ》。午前七時、呉軍港第一上陸場より衣笠カッターに乗り込む。そして本艦へ。衛兵の敬礼にも快《こころよ》げなり。手荷物もそこ〲に甲板《かんぱん》上をあちこちと見るのも皆珍しい。

午前九時いよいよ出港。呉の街。否《いや》、日の本の国、日本のあの緑の山や丘、田畑、これで永《なが》の見納めと、しばし別れを惜《お》しむ。かもめも羽搏《はばた》いて送ってくれる様だ。鏡の様に静かな瀬戸内海を艦は十六節《ノット》の速力ですべる様に進む。

二号艦（武蔵《むさし》）が入渠《にゆうきよ》のため呉港に入っている。三連装《れんそう》の主砲九門、これぞ世界の不沈艦ならん。

広島湾、さては宇品《うじな》の沖と、瀬戸の島々を縫《ぬ》うて、四国長浜沖にて速力試験で半日を費《ついや》し、一日仮泊《かはく》となる。狭い艦内の一室に最初の夢を結ぶ。

*節《ノット》……船舶の速度の単位。一ノットは一時間に一海里《かいり》（一八五二メートル）を進む速度。海里は「浬《かいり》」とも書く。一海里は子午線《しごせん》の緯度《いど》一分《いっぷん》に相当する距離である。（地球の周囲四万キロの〈三六〇×六〇〉分の一）

*衣笠《きぬがさ》……一等巡洋艦《じゅんようかん》（重巡洋艦）。昭和二年九月三十日竣工《しゅんこう》。基準排水量七一〇〇トン。昭和十七年十一月十四日、ガダルカナル沖で敵航空機の攻撃により沈没。

*巡洋艦《じゅんようかん》……攻防力《こうぼうりょく》及び排水量は戦艦に劣るが、元来《がんらい》運動力を主として速力及び後続力に優れ、主隊主力の耳目《じもく》となって捜索・偵察及び警戒に従事し、あるいは敵主力部隊の雷撃《らいげき》、敵巡洋艦以下の撃攘《げきじょう》その他の通商破壊、運送船の護衛に任ずる。

*武蔵《むさし》……大和型戦艦の二番艦として昭和十七年八月五日竣工。基準排水量六万四〇〇〇トン。大和と共に世界最大・最強を誇ったが、昭和十九年十月二十四日、シブヤン海で敵航空機の攻撃により沈没。

*戦艦《せんかん》……軍艦中最も堅牢《けんろう》強大で、優秀な攻撃力及び防《ぼう》禦力《ぎょりょく》を備え、戦闘に於《お》いて軍の主力となる。

昭和10年頃の重巡洋艦「衣笠」

六月二十九日（曇　航海中

午前五時出港。佐田岬を迂回《うかい》していよいよ太平洋へ。土佐沖ともなればいささか激浪が船ばたを叩《たた》く。それとなく一万余噸《トン》の本艦は揺《ゆ》れる。

梅雨《つゆ》が未《いま》だこの沖にもあるのか時に雨が降りそそぐ。浪《なみ》のうねりは高まる様だ。頭痛がする。食慾《しょくよく》が減る。艦内は蒸し暑い。まんじりともせぬ一日は夜、遂《つい》に船暈《ふなよい》に参《まい》る。

＊仮泊《かはく》……艦船がしばらくの間、錨をおろして泊まること。

六月三十日　航海中

五時起床。頭痛が頭の底に浸《し》み込む様だ。朝食も碌《ろく》でなく甲板に昇る。一時間毎に暑さが増す。厠《かわや》には五分間と居《お》られぬ。蒸し風呂同様だ。すっぱだかでせんすを片手に用を足す。船の動揺《どうよう》にも大分馴《な》れた。食事も旨《うま》くなる。

はてしない南洋の海。太平洋、何んと海は広いのだろう。船の外《ほか》に我々の眼につくものは海、水平線、曇空だけだ。

今日は朝の中《うち》一回、スコールの子供の様なものが押しかけて来た。飛び魚の群が始終我々の艦のそばでバッタの様に、グライダーの様に飛び廻る。そして我々を慰《なぐさ》めてくれる。南の海は水が綺麗《きれい》だ。水平線がくっきりとする。空が明るい。雲が美しい。

船首に立って太平洋の波を睨《にら》んだ。私はつくぐ〳〵と生き甲斐《がい》を感じた。生命の躍動を感じた。夕陽が照りはえる頃は午後七時。船は依然として進路を南へ〳〵。

七月一日　航海中

今日も波波波の航海が続く。島影一つ眼に映《うつ》らぬ。島から遠いのであろう、かもめも見当たらぬ。時々スコールがある。遠くの方に虹が一つ出来た。あ！　また出来た。同じ処に二つ三つも出来た虹の橋。こんな景色も内地では見られまい。夕方近く空の綺麗だったこと。夕陽に映《は》える入道雲。水色の空。その水色と夕陽の桃色との彩色。全く南洋の空は筆舌の論ではない。太陽が没すると共に暗黒の海と変わる。船は依然その暗黒を縫《ぬ》うて進む。十五夜も近いのであろうか。卵黄の様な真丸《まんまる》い月が昇り始めたのは夜も遅き九時過ぎであった。雲は水平線上にだけあって艦を取囲《とりかこ》む。星はこぼれるばかりに一杯だ。私は甲板に臥してこの星月夜《ほしづくよ》を眺めて色々の夢を見た。考えまいとしても考えざるを得ないものどもを考えた。静かな夜であった。

七月二日　快晴

少しくうねりが無くなった様だ。従って船の動揺大きくなる。然《しか》し自分は一向に平気。馴《な》れたのだ。サイパンの真中辺を通っているはずだが依然として島は私の視界に入って来ない。一寸《ちよつと》淋しい気がした。コバルト色の何となく固い感じのする海水。勇麗《ゆうれい》とでもいいたい。太陽は将《まさ》に真々中《まんまんなか》を通って行く。本日甲板《かんぱん》の椅子《いす》に凭《もた》れて午睡《ごすい》を取る。今日も波の音と飛び魚の慰《なぐさ》めにて果てしない一日を終わった。

七月三日　快晴

今日は朝からだいぶ涼しい。南へ近づくに従い始めの二、三日より涼しいのは如何《いか》なる由《よし》か? なるほど今は内地は真夏《まなつ》、従って南洋は真冬じゃ。そうだ〳〵と子供らしい考えでそのナゾは解けた。

正午、艦載機一機、カタパルトよりサッと海上に飛び立つ。そして一足トラック島へ。南の水平線の彼方《かなた》に消える。始めてカタパルトの発射《はっしゃ》を経験した。内地へ帰るのであろう三艘《そう》の船が右舷彼方に北進するを見付けた。六日間の航行中始めて私の眼に映った水平線上の異物である。何んとなくなつかしみを覚える。もっと近かったら大声で何言か声をかけてやりたい。帽でも振ってやりたい。だが遥《はる》か彼方では残念なり。唯《ただ》、彼の船が無事なる航海によって楽しい内地の帰港の出来る様《よう》、心から祈ってやった。

＊カタパルト……圧搾空気《あっさくくうき》や火薬などの力で艦船などの甲板から飛行機を発進させる装置。射出機。

七月四日　トラック　曇り
いよいよ待望の入港の日が来た。朝から水平線の彼方《かなた》を眺めてトラックの島は、その島は、と荷物の整理もそこ〳〵に唯《ただ》南方の彼方《かなた》をば打眺《うちなが》めていたが相変わらず波々々ばかり。逸《はや》る心を抑《おさ》えながら時の経《た》つのを待っていると十時頃だろう、見えた！　映った！　島が！

自分の行く手にぽっかりと浮かんだ。お丶、あっちにも右にも左にも、点々と平滑《へいかつ》な島が、可愛《かわい》い島が。その中に一つ島らしい大きい山のある島影、あれがトラックだ。艦が近づくにつれて島の大きさが増す。共に胸の高鳴《たかな》りが増す。

艦がトラック諸島北の道（珊瑚礁《さんごしょう》の輪の北の開け口）に這入《はい》ると艦足はぐっとにぶる。島には椰子《やし》の木の繁《しげ》りがはっきりと見える。本当《ほんとう》に南洋気分を味《あじお》うた。停泊準備にかかる。副長以下兵に到《いた》るまで微笑《ほほえ》みが顔に満ちている。それもそのはずであろう。内地の呉《くれ》を出港して七日間、敵潜水艦の網をぬけて数千海里《かいり》のトラック島に無事着いたのだもの。水中に喰《く》い入る錨《いかり》も今はとりわけ勢《いきお》いが良い。

トラック島湾内には四Ｆの艨艟《もうどう》（というても旗艦《きかんか》鹿島《しま》を始め下駄船揃《げたぶねぞろ》い）十艘《そう》が静かに浮かんでいる。笑止千万《しょうしせんばん》な事には旗艦鹿島《きかんかしま》の舳《へさき》にはペンキで波形が彩《いろど》られている。練習戦艦なるため、艦足がのろいためのカモフラーゲなりと。

〇時半、艦長以下ガンルーム士官達に別れを述べて衣笠《きぬがさ》便乗の幕を閉じた。駿鋭衣笠《しゅんえいきぬがさ》、古《ふる》鷹《たか》の勇姿を後にカッターにて一路トラック湾口の鹿島へ。鹿島より直《ただち》にまた陸上に到《いた》り。四

根司令部（井戸桓軍医大尉の案内）

四根司令部　公家部隊（西一警備隊）病舎に一同仮泊

＊四F……第四艦隊。

＊艨艟《もうどう》……戦艦《いくさぶね》。軍艦のこと。

＊四根司令部……第四根拠地隊司令部。根拠地隊《こんきよちたい》とは、陸軍でいう兵站《へいたん》基地のようなもので、要所の港で、艦船の修理や補給、病人の収容などを受け持つ部隊。

七月五日

佐野軍医大尉（慶應《けいおう》）指導官

四根軍医長、板橋少佐、其他《そのた》大原大尉、広江大尉、柳田薬《やく》大尉

七月十日　十一日

鹿島乗艦演習（四F司令長官　井上中将　四F軍医長　福本大佐）

七月十四日

離島（冬島、皿島）へ考課表身体検査出発《しゅつぱつ》（加藤中尉、友野中尉）　冬島公学校（邦人学長）

七月十九日
トラック南水道、敵潜一現わる。野島丸、死傷十三名。四根病舎収容。
チプ〈タタ＝トラック病院長
　＊敵潜《てきせん》……敵の潜水艦のこと。以下、記述に頻出《ひんしゅつ》する

七月二十日トラック　自二十日～至二十四日
五根司令部承命服務（小島中尉と共に）。
熱帯性下痢罹患《りかん》。四根病舎入室（佐野大尉の診察を受く）。

七月二十六日（日）　サイパン
午前八時、トラック水上飛行場発、サイパンに向かう。飛行場にて衣笠便乗中世話になった竹一少尉、友野少尉に会う。

トラックに鳥海《ちようかい》、高砂丸《たかさごまる》、その他駆逐艦《くちくかん》数隻入港。

一二三〇頃、サイパン港安着。

五根司令部伺候（司令官、武田少将。軍医長、渡辺太志中佐、若松中尉）

サイパン、ガラパン町興発倶楽部《こうはつくらぶ》宿泊

*駆逐艦《くちくかん》……駆逐艦は速力大で運動軽快、数門の中小口径砲及び魚雷発射管を備え、専《もっぱ》ら敵艦の撃沈を主任務とし、傍《かたわ》ら敵水雷艇《すいらいてい》、潜水艦の撃破・駆逐ならびに警戒に任ずる。

七月二十七日　サイパン　自二十七日~至八月二日

五根附属掃海艇　第二文丸《ふみまる》、第三関丸《せきまる》、軍医長職務執行被命。

興発倶楽部宿泊

八月一日　サイパン

柳田薬剤大尉に同所で会《あ》う。チャランカ町に遊ぶ。

高砂丸《たかさごまる》、八幡丸（航母《こうぼ》）、石廊《いろう》、潮《うしお》、漣《さざなみ》入港。

*掃海艇《そうかいてい》……局地及び河江の機雷掃海に従事する。

*航母《こうぼ》……航空母艦の略。空母《くうぼ》と呼ぶことの方が多い。「八幡丸」はこの時、特設航空母艦、のち軍艦籍に編入され空母「雲鷹」となる。

八月二日　サイパン
夕五時、便乗船《びんじょうせん》、海平丸《かいへいまる》乗船。
海平丸（総噸《トン》四三〇〇噸《トン》）運送兼病院船
軍医長（横病附　大尉荻野庫）之
（〃　中尉勝又順）之

八月三日　テニアン
〇五〇〇、出港（ロタ島デ邦船《ほうせん》、敵潜ニヨリ撃破サル）。
一〇〇〇、テニアン港入港。
一三〇〇、テニアン港出港。一路ラボールへ。
航海中、敵潜水艦情報が這入《はい》る（一、トラック島附近ニ現ワル）
（一、潮岬ニ現ワル）

八月七日
夜、赤道通過。遂《つい》に南緯《なんい》に這入《はい》る。感無量なり。

八月八日～九日　ラボール

ラボール港入港。夜空襲あり。

第二文丸《ふみまる》着任　　艇　長、永田予大尉
　　　　　　　　機関長、梅澤兵曹長
　　　　　　　　掌砲長、加々美兵曹長
　　　　　　　　分隊士
　　　　　　　　看ゴ長　塚貝一看曹

午後四時、米英連合《れんごう》大艦隊および海兵がツラギ及ガダルカナルを夜襲《やしゅう》。敵前上陸せり（戦車も含《ふく》む）。

ツラギの我が警備兵五百名。「最後《さいご》の一兵《いっぺい》まで頑張る。武運長久《ぶうんちょうきゅう》を祈る」の電報を最後に通信連絡不通となる。

鑵《かま》修理のため第一桟橋横附け。

「ソロモン群島ツラギに敵米英輸送艦隊現われ上陸。これに対《たい》し我が警備隊（約五百）応戦《おうせん》中《ちゅう》なるも全滅ならんと」

これがためラボールより航空機零戦《れいせん》、陸攻《りくこう》等魚雷、爆弾をふところにツラギに向かう。ラボールも緊張あり。鳥海（八F旗艦）始め、艨艟《もうどう》ラボール湾になし。

夕刻日没前、敵B－17型四機頭上に飛来、中《うち》一機、石油をこぼしているのであろう、スピードを落として編隊よりはなれ白い糸を引いて行く。我が文丸《ふみまる》頭上で果敢な空中戦。アッ！

爆弾投下。十発程《ばつ》。五〇〇米《メートル》前方の海上、椰子《やし》林に投弾され爆発《ばくはつ》。思わず「小癪《こしやく》な」と胸引締る。空中戦は続けらる。

豆を炒《い》る様な銃声が大空で聞こえる。敵のか味方のか機銃の弾丸が淡赤く、両方の飛行機の間に糸の様に見える。アッ！　敵B－17も火を吐《は》く。思わず手を打って拍手喝采《かっさい》。なれどまた消える。さすがB－17だ。なれど航空隊（西飛行場附近）で終《つい》に炎々火を吐いて夕陽に映《は》ゆる大空から一路哀《あわ》れ海底の墓所へ。

ラバウル基地の零戦の列線と右が九六式陸攻

地上ではラボール港、市内一帯に歓呼《かんこ》のどよめき。残り三機も終《つい》に海上で落としたそうだ。天晴《あっぱ》れ！　天晴《あっぱ》れ！

着任第一夜早くも空中戦および爆弾を見舞《みまわ》れ、戦線の気分満喫す。

＊鑵《かま》……蒸気機関の釜《かま》。汽鑵《きかん》。ボイラーのこと。当時の艦船のエンジンは石炭を燃料とする蒸気機関が主流であった。「鑵」は「罐」と同義で、「罐」は「缶」の旧字体。

＊零戦《れいせん》……海軍零式艦上戦闘機。太平洋戦争前期に大活躍し、敵に恐れられた名機。操縦が極めて容易で、運動性能が良く、空中戦に強かった。一万機以上生産され、終戦まで海軍の主力戦闘機であった。「ゼロ戦」の名で有名。「零式《れいしき》」は、制式採用された年、昭和十五年が皇紀《こうき》二六〇〇年に当たり、その最後の数字〇《れい》をとった。

＊陸攻《りくこう》……陸上攻撃機のこと。中攻《ちゅうこう》とも呼ぶ。九六式陸攻、一式陸攻等が有名。

＊B－17……米国ボーイング社製造の四発の重爆撃機。五つの銃座を持つ強武装が「空の要塞」の愛称を生み、四発大型に似ないそのスピードが「爆撃機の革命」と言わしめた。連合軍のドイツ戦略爆撃の主力機の一つとして活躍。乗員九名。最大時速四六二キロ。十二・七ミリ機銃十三。爆弾四・九トン。

八月十日　ラボール

一、鳥海《ちょうかい》入港。其他《そのた》駆逐艦《くちくかん》数隻《せき》入港。鳥海負傷五、六十名？　死者三十余名。

一、天龍《てんりゅう》、龍田《たつた》入港。

一、明陽丸、佐五特陸五百余名（月岡部隊）満載（火焔《かえん》放射器も）、ツラギ上陸に向かう途中、敵潜のため沈没。生存者准《じゅん》以上三名（軍医科二、主兵曹長一）、兵百三十名位、沈没時間三分と。同船に同期生稲垣少尉（東医出）乗船中なるも同少尉、津軽《つがる》に用便中なりしため助かる。

一、ソロモン海戦戦果　　撃沈・破　　戦艦一

巡洋艦八　輸送船十一杯位
駆逐艦七

敵はツラギ港に投錨《とうびょう》。約一ヶ師位の兵力を上陸。ツラギは米兵で充満せりと、我《わが》警備隊は強引《ごういん》に抵抗中なりと。我が艨艟《もうどう》、鳥海を先頭に夕張《ゆうばり》、夕凪《ゆうなぎ》、朝凪《あさかぜ》、湾内突入、魚雷砲撃す。水雷戦隊、夜襲《やしゅう》す。

（我《わが》同期生　結縁中尉、その警備隊附なりと。如何《いか》にせしや。通信杜絶《とぜつ》す。安否《あんぴ》気付かわる）

一、夜、四飛行場空襲され、火炎起る。

一、敵機一機偵察に上空現わす。一二〇〇頃

一、八根病舎　　軍医長　　少佐
　　　　中《なか》少尉、上川《かみかわ》中尉、比留間《ひるま》中尉、看ゴ長　堀田《ほった》兵曹長
　　　　高宮《たかみや》大尉に遭《あ》う。

病舎は鳥海患者で大騒ぎ。明陽丸生存者で廊下にはみ出す始末。

八月十一日　ラボール

夜間〇二〇〇　敵一機頭上に空襲。焼夷弾《しょういだん》、照明弾《しょうめいだん》を落とす。被害なし。

＊焼夷弾《しょういだん》……敵の建造物や陣地を焼くことを目的とした砲弾や爆弾。可燃性の高い焼夷剤《しょういざい》

と少量の炸薬《さくやく》を充塡《じゅうてん》する。
＊照明弾《しょうめいだん》……火砲発射、または航空機から投下する照明用の弾丸。夜間の探索《たんさく》、戦闘・合図などの目的で使用される。

八月十二日
一三〇〇　敵B－17型七機編隊、高度五〇〇〇、北方より空襲。在湾船舶目がけ爆撃。二十数発《はつ》、水柱数十丈《じょう》。
直接被害なきも至近弾《しきんだん》にて松本丸三十名負傷。敵は鳥海をねらったらしい。
八月十三日
一、台南航空隊で映画あり。（大相撲夏場所映画および大都「勤皇大和櫻《きんのうやまとざくら》」、東宝「ハモニカ小僧」）
一、巡洋艦加古《かこ》、敵潜により撃沈さる。大部分生存す。
八月十四日　ラボール
初鷹《はつたか》、若鷹《わかたか》＝外南洋部隊に編入す。本艇、罐《かま》修理完了「明朝〇五〇〇ショートランドへ向け出港。『秋風』の命を受け『秋津洲』警戒に任ずべし」（八根司令官発《はつ》）。五特根軍医長より書類一通受理。
東京への第一報を出す。中《なか》軍医少尉の訪問を受《う》く。

八月十五日　航海中
午前五時、ラバウル港出港。一路ブーゲンビル島南端ショートランドに向け南下す。約三〇〇浬《かいり》ありと。
ラバウル湾を出る頃より風波高まり、艇動揺《ていどうよう》す。雲低く、不気味さをただよわす。遂《つい》にガブリ始める。艇は木《こ》の葉《は》の如《ごと》く浪《なみ》にもまれる。不気味な航海が続く。

＊浬《かいり》……＝海里。海面上及び航海上の距離の単位。一海里は一八五二メートル。

八月十六日　航海中　ショートランド入港
激浪《げきろう》は益々烈《はげ》しくなる。艇は三十度位傾く。両舷《りょうげん》は潮《しお》をかぶる。横波を喰《く》うと艇は浪に呑《の》まれるのではないかと思われる程だ。三丈《じょう》位の山の様な浪、艇におどりかかる。
一三一〇頃、左舷三十度に敵機（双発《そうはつ》）？　一機現わる。盛《さかん》に我に向かって発火《はっか》信号す。遂《つい》に本艇之《これ》に対《たい》し、機銃、小銃、八糎《センチ》砲の対空戦闘《たいくうせんとう》。ために北に向かって遁走《とんそう》す。敵機？は何等《なんら》抵抗せず。

一四〇〇、スコール沛然《はいぜん》と来《きた》るに雷雨となる。激浪、風雨、艇は気の毒なほど動揺する。もちろん乗艇の我々の気持こそ哀れなれ。

一七〇〇、ショートランド着港、投錨。港に秋津洲、秋風の勇姿あり。晴雲低迷。浪高く、無気味な暗黒の夜。敵近ければ。

＊沛然《はいぜん》……雨がひどく降るさま。

八月十七日　ショートランド

早朝より抜錨《ばつびょう》。ショートランド港口の哨戒《しょうかい》に任ず。五―六〇〇〇米《メートル》位の間を行きつ戻りつ。哨戒《しょうかい》とは誠に無味乾燥なり。縁《えん》の下の力持ちとはこの事か。一日の経《た》つのが長い事。終夜続けられる。かもめが数百羽、魚の群でも発見《はっけん》したのであろう。水中目掛《めが》けて急降下。

＊抜錨《ばつびょう》……船の錨《いかり》を上げること。
＊哨戒《しょうかい》……敵の襲撃を警戒して見張ること。

八月十八日　ショートランド

午前六時、仮泊投錨《かはくとうびょう》。浪静かに空は晴れ渡る。

第二大和丸、第三朝日丸（特監視艇）入港。

昼食後《ちゅうしょくご》、「カッター」にて酒保《しゅほ》物品徴発《ちょうはつ》に「秋風」に到《いた》る。秋風軍医中尉相羽《あいば》氏に会《あ》う。「森永健康の糧《かて》」「虎屋《とらや》の羊羹《ようかん》」を頂戴《ちょうだい》。「秋津洲」に到《いた》り、牛肉を取り来る。

午後六時、「RR近海敵潜出没」の報入る。艇長より「マーシャル方面に敵逆襲あり」の報を聞く。鳥海以下再度ツラギ方面作戦に行けりと。

＊徴発《ちょうはつ》……軍事物資などを人民から集めること。

八月十九日　ショートランド

出港、突如《とつじょ》取止め休業。秋津洲より「本艇ハ二十日二十二日哨戒《ショウカイ》作業」となる。〇九一五、南西方面に敵機一機、偵察飛行す。高度低し。情報、「敵潜発見。RR一五〇度、五六浬《カイリ》沖。敵ルンガ陣地ヨリ我ルンガ陣地ニ砲撃。敵ハ大発ニテ敵弾着観測。艦艇、機動機ニヨリ制圧頼ム」午後《ごご》、部下六名と共に附近の畠に上陸。果物の徴発《ちょうはつ》に行く。椰子《やし》ばかりなり。英米が居《い》た形跡あり。椰子《やし》の植林は格子《こうし》の如《ごと》く行《ぎょう》儀《ぎ》良く、二、三軒の小家屋は島守とコブラ採取場なり。土人も居《お》らぬ無気味な島なり。

一三五〇、敵B－17五機空襲。沖合哨戒中の駆潜艇に爆弾の雨。秋風、秋津洲より猛射するもとどかず。

午前の偵察飛行の報告をキャッチするに笑止千万《しょうしせんばん》。「ショートランド沖に巡二、駆二、輸送船二、小型船一」とある。数だけは合っているが。今晩は月明。南十字星冴《さ》ゆ。誰か故郷を思わざる。

八月二十日　ショートランド

〇七三〇、出港。対潜哨戒《たいせんしょうかい》作業

敵情報　一、「敵巡二、駆九、航母一」ツラギ近海ニ現ワル。

二、敵潜水艦RR一一六度、六〇浬《カイリ》海上ニ現ワル。

八月二十一日　ショートランド　休業

〇八〇〇、艇長と共にショートランド警備隊（一ヶ小隊＝八十一警）に到る。さらに白人宣教師教会に到《いた》る。白人三人、分らぬ英語を饒舌《しゃべ》る。陸攻《りくこう》、戦闘機《せんとうき》約二十機、敵殲滅《せんめつ》に行くのであろう、悠々《ゆうゆう》たる編隊で南下す。夕刻「陽炎《かげろう》」入港。

八月二十二日

八時入港　哨戒作業

一〇三〇頃、敵B－17約六〇〇〇の高度にて偵察に来る。「陽炎」「秋津洲」よりの猛射もとどかず。

スコール多し。

ガダルカナル島のボーイングB-17爆撃機

八月二十三日

一四〇〇頃まで哨戒続けられる。またも敵機一機来襲。一四三〇、猛烈なるスコール来る。

八月二十四日　ショートランド

対潜《たいせん》移動警戒。一〇〇〇頃、駆逐艦三杯、南方に快速をもって進む。今晩の夜襲に向かう「睦月《むつき》」「弥生《やよい》」なり。勇《いさま》しき哉《かな》、駆逐隊。

心の中で彼等《かれら》今夜二二〇〇の夜襲（RXA＝ツラギ）の成功を祈る。

一四三〇、水上機母艦二（讃岐《さぬき》丸《まる》、山陽丸）、駆逐艦夕立《ゆうだち》入港錨泊《びょうはく》。

八月二十五日　ショートランド

早朝、夕立、讃岐丸出港

午前のガダルカナル作戦機団《きだん》（神川丸、金龍丸、三十駆睦月《むつき》、弥生《やよい》、望月《もちづき》、卯月欠《うづきけつ》）作戦あり。神川丸、金龍丸、共に敵爆撃により火災。神川丸鎮火《ちんか》せるも金龍丸（特巡）は乗員を収容の上、睦月の魚雷により沈没せしむ。（〇八三〇）

一〇三〇、突如《とつじょ》秋津洲より「重傷三名あり。軍医官、看護員の応援賜《たまわ》ん」の電報あり。早《さつ》速《そく》看護長と共に秋津洲に到《いた》る。今朝ここショートランドを出発。ガダルカナル方面、敵情偵察に行きし、飛行艇乗員三名（浜空）、敵の戦闘機《せんとうき》にやられたのであろう、重傷三名あり。何《いず》れも背嚢部貫通銃創《はいのうぶかんつうじゅうそう》なり。特に一名は左腸腰部失肉挫滅破砕創《ざめつはさいそう》（人頭大）にて重篤《じゅうとく》なり。

秋津洲軍医長、分隊士、山陽丸軍医長、「秋風」相羽中尉と共にその一名の手術に掛《かか》る。見ても悲惨《ひさん》というべし。筆舌《ひつぜつ》につくし難《がた》し。

蒸《む》し暑きのぼせる様な手術台で玉なす汗は防暑服、ズボンも水につかった如《ごと》く。手術時間三時半《さんときはん》、我を忘れて――。されど術後三十分、我等《われら》の甲斐《かい》もなく、皇国《こうこく》の空の勇者は倥偬《こうそう》と天にみまかりぬ。悲しきかな。彼の冥福《めいふく》を祈る。

金龍丸、睦月《むつき》の沈没といい、若鷲《わかわし》の死といい、今日の知る我が思い唯々《ただただ》。

＊倥偬《こうそう》……慌《あわ》ただしいこと。忙《いそが》しいこと。

＊みまかる……＝身罷《みまか》る。死ぬこと。古くは、特に自己側の死の謙譲語。

幾千万波《いくせんまんぱ》　異郷の空　月恍々《こうこう》と　星亦冴《またさ》ゆ

八月二十六日　ショートランド

〇七三〇、出港。対潜《たいせん》移動哨戒《しょうかい》

一二一五、頭上にて敵機らしく、入機《にゅうき》。これに我が下駄履《げたば》き戦闘機挑《いど》みて空中戦。なれど敵悠々《ゆうゆう》と北西に去る。

「ブナ」占領の佐五特残留部隊に敵P－39の十一機の来襲を受け、機銃掃射を喰うも損害なく。稲垣軍医長も恐《おそ》らくそこに居《い》るのであろう。思いは同じ南洋の端、お互の武運《ぶうん》の長久《ちょうきゅう》を祈りたし。駆逐艦三隻《せき》南下す。（〇九〇〇頃）

＊下駄履《げたば》き戦闘機……フロートを備えた水上戦闘機のこと。

＊「佐五特」……佐世保第五特別陸戦隊のこと。

八月二十七日　ショートランド

敵艦隊再び現わる。戦艦一、航母一、巡洋艦数隻、駆逐艦多数、敵潜水艦一、近くに現わ

る の情報入る。

山陽丸軍医長に逢《あ》う。同艦に祐森《すけもり》中尉乗組《のりくみ》おると。陸上にいるので逢《あ》えず。なれどショートランドで彼氏に逢《あ》うとは夢の様なり。

山陽丸はさすが郵船の優秀船（八〇〇〇噸《トン》位あろう）。大きいのには驚いた。本艇が小さ過ぎるのかも知れぬが。蘭印《らんいん》スラバヤの蜜柑《みかん》およびチョコレートの御馳走《ごちそう》になる。

午後七時、ラジオニュースは第二次ソロモン海戦の戦果発表《はっぴょう》あり。

航母大型　大破、航母中型　中破、戦艦（ウエストバージニア型）一　大破

我が方の損害　小型航母一　中破、駆逐艦一　沈没

二〇〇〇、出港直《す》ぐ対潜《たいせん》移動哨戒《しょうかい》。

月の出は我の出港と同じ東の空に大きな満月が。旧暦のお盆はちょうど今頃であろう。

＊蘭印《らんいん》スラバヤ……オランダ領東インド（現インドネシア）のジャワ島北東部の港湾都市。

八月二十八日　ショートランド

一〇〇〇、勇《いさ》ましき駆逐隊三隻《せき》南下す。

一一〇〇、敵ノースアメリカン型一機現わる。偵察らしき。またもブナに敵P－39、十数機来襲、我之《われこれ》を撃退せりの情報入る。

今日もまた、縁《えん》の下の力持ち。対潜《たいせん》移動哨戒《しょうかい》の一日が暮れる。出港（ＲＲ）以来、満二週間なり。

一九〇〇、ラジオのニュースは中華民国答礼使節に平沼騏一郎男、有田八郎、永井柳太郎の三特派大使派遣を知らす。

一九三〇、平山大佐の「第二次ソロモン海戦」の放送あり。本日を期してガダルカナルに上陸作戦あるはず。如何《いか》にせるや。

明日にも情報が這入《はい》るだろう。ガダルカナル及ツラギには一万有余の米海兵が揚陸《ようりく》されていると。

八月二十九日　ショートランド

早朝電報入る。昨夜のガダルカナル、敵前上陸は遂《つい》に失敗に帰《き》す。敵機約三十機の来襲により、揚陸《ようりく》不能となり我が駆逐艦一沈没、一航行不能、揚陸中止の敗報なり。

残念至極《しごく》。

さらに今夜および明早暁《そうぎょう》上陸を強行、如何《いか》にしても米兵の止《とど》めを刺さねばならぬと作戦決定――そのため一一〇〇、駆逐艦五隻、颯爽《さっそう》と南下す。

今夜および明朝の作戦には木更津及三沢航空隊も参加すると。

米国《べいこく》は人間を一万余も陸に揚《あ》げたからには見殺しにはならぬと必死なのだろう。金と物とに物をいわせてさすが航空兵力だけは仲々《なかなか》侮《あなど》り難《がた》し。しかし彼等《かれら》の運命も風前の灯《ともしび》か。一四三〇、さらに駆逐隊（四隻）堂々南下す。されど敵大型機一機はＲＸＥ即《すなわち》本地方に飛来偵察し、駆逐艦隊（午前南下せる）を発見《はっけん》。彼等《かれら》の航空基地ＲＺＱ（ポートモレスビー）に報告している情報が這入《はい》る。小癪《こしやく》なりといえども致し方なし。今夜及明朝の上陸作戦の成功を心から念ず。

八月三十日（日）　於ショートランド

　昨夜及今晩のガダルカナル上陸したらしい情報入る。上陸したら占《し》めたものだ。
〇七三〇、出港。給油のため、ショートランド港泊地に向かう。泊地はさすがに瀬戸内海の様に静かである。我が海軍の船団《せんだん》が浮かぶ。

　油槽船《ゆそうせん》「あけぼの丸」（一二〇〇〇噸《トン》）より約七〇噸《トン》の給油を受《う》く。その「あけぼの丸」に横着《づ》けせる二杯《はい》の駆逐艦。これぞ一昨二十八日のガダルカナル敵前上陸に万感《ばんかん》の涙を呑《の》んで引帰《ひきかえ》した艦なり。一杯には陸軍兵が暑苦しそうに乗っていた。再挙《さいきよ》を期《き》する意気が彼等《かれら》の日焼けせる額に浮かんでいる。なれど他の一杯（夕霧《ゆうぎり》）は敵急降下爆撃機の直撃弾を二番煙突および砲塔に三個受けて、見るも気の毒な姿なり。よくも魚雷の誘発《ゆうはつ》を免《まぬが》れたと思わる。戦死傷がさぞ多数あった事と思わる。

　当夜の激戦が偲《しの》ばる。当夜の水雷戦隊は「天霧《あまぎり》、夕霧《ゆうぎり》、朝霧《あさぎり》、白雲《しらくも》」の四隻《せき》だった。その中《うち》夕霧は沈没。白雲は大破。あとの一杯《いっぱい》は天霧か、朝霧か。白雲曳航《えいこう》の命《めい》受《う》くるも直《ただち》に中止となる。

仮泊《かはく》（秋津洲ブカに出張中のため）。

某書《ぼうしょ》を繙《ひもと》いて見たら、我が海軍特設艦船（商船）の中には一万噸《トン》以上の船が三十三隻《せき》もいるのには驚いた。七—八〇〇〇噸《トン》級はざらなり。海国《かいこく》日本たのもしく〳〵。

八月三十一日（日）　於ショートランド
遂《つい》に八月も今日一日となる。海上勤務で作戦に従事していると一ヶ月位経過するのは文字通り夢の様だ。
○五〇〇、出港。〇七三〇仮泊。
発《はっ》現地航空隊指揮官、「津軽《ツガル》ハＲＸＩ一五〇浬《カイリ》圏内ニ出撃スベシ」
発三水戦司令官「二十駆、十一駆（叢雲《ムラクモ》欠）。陽炎《カゲロウ》ハ本日〇八〇〇、ＲＸＥ出撃、引続キＲＸＩ方面ニ陸軍部隊揚陸《ヨウリク》セントス。揚陸開始二一三〇」
○八一五、右部隊ならん八隻の駆逐艦、白波けって勇躍《ゆうやく》南下す。成功を祈りて止《や》まず。
一〇三〇、敵機Ｂ－17来襲。ＲＸＥ泊地上空偵察。本艇七・七機銃及小銃、之《これ》を攻撃。敵は執拗《しつよう》に約四十分上空にあり。北方に爆弾を投下せるものの如《ごと》く、夕方より猛烈なるスコールあり。

南十字星の輝く、ソロモンの島、その島かげに停泊している
毎日激しい戦闘の詳報が入る
同時に多数の犠牲者も知らされる
私はふと、不惜身命《ふしやくしんみよう》、惜身命《しやくしんみよう》の理《ことわり》を考える
同じ月が　また　東の水平線の　真黒《まつくろ》い雲間から
椰子《やし》の葉をすかして　浮んでいる
私に何か言いたい様《よう》な　お月様の顔
私も何か言って見たかった　けれど……
珊瑚礁《さんごしよう》に跳《と》びかって来る　南海の飛沫《ひまつ》の声が
意地悪虫《いじわるむし》の如《ごと》く　でも怒る気にはなれなかった
昭和十七年の八月と　永久《とわ》のお別れを

南緯六度、東経一五五度　ショートランドで。

船酔《よい》ひは　さぞ苦しからんと　問《と》ひ給《たまい》ひし
母の手になる　千人針《せんにんばり》して

＊不惜身命《ふしやくしんみよう》……身命をささげて惜しまないこと。

第三章——戦陣日記(Ⅱ)

昭和十七年九月一日〜十月二十六日

九月一日　ショートランド

遂《つい》に九月、すなわち秋になった。顧《かえりみ》れば昭和十七年の夏は南洋で送ってしまったのだ。秋になったとはいえ、悲しいかな南洋には秋も冬も、そして春もない。否《いや》、却《かえ》ってこれからは南洋には夏が来るわけだ。やはり日本人は四季が恋しい。

内地では二百十日。お百姓さん達の一番頭を悩ます秋である。

我《わ》が家《や》の　父が植えにし　畑には
紅《あか》いトマト　みどり滴《したた》る胡瓜《きゅうり》　そして美しいとうもろこしが
実っている事であろう
可《か》愛《わい》い弟妹達は　やわらかな野原に

虫を追うているに違いない
皆んな元気でいるに違いない
夜空は冴《さ》え　冷々とした夜のとばり
静かな夕《ゆうべ》　こおろぎが　鳴き　ほたるとび交《か》い　蛙《かえる》が鳴いている
故郷の人々　健《すこやか》であれかし　と祈る

○七三○、出港。対潜《たいせん》移動哨戒《しょうかい》。（秋津《あきつ》洲はＲＸＣ〔ブカ〕に出張中なれど）
「山陽丸には酒保《しゅほ》物品をたくさん頂戴《ちょうだい》したから守ってやらねば」と艇長は義理《ぎり》堅《がた》いところを見せて哨戒作業が続けらる。食事はすっかり野菜物がなくなって缶詰《かんづめ》類のみ。不味《まず》いパパイヤの実《み》の汁が続く。

されど劇《はげ》しい作戦は続けられる。即本日左の諸情報入る。
一、トラック南水道近ク、○九三五、敵潜水艦ノ攻撃ヲ受ク。直《タダ》チニ爆雷攻撃（九個）ス。
　効果不明。（発天津風《ハツアマツカゼ》艦長）
一、伊一一○号、八月三十一日、○二○五、（三潜水麾下《キカ》）、敵貨物船一ニ魚雷二本命中サス。撃沈セリト。
一、米海軍省発表
　（イ）ＲＸＩニ於《オイ》テ敵零戦闘機《レイセントウキ》十八機ノ攻撃ヲ受ケタルモ、七機撃墜。之《コレ》ヲ撃退セリ。

ソロモン上空を征く零戦隊

（ロ）潜水艦ハ〇〇半島ヲ偵察。無事ミッドウェーニ帰還セリ。

一、木更津空《キサラヅ》、三沢空《ミサワ》（各九機）ハ（制空隊第三F戦闘機全力）ハ九月二日、RXIヲ攻撃。敵航空兵力ヲ撃滅スベシ。

一、陸軍岡田部隊（佐渡丸《サドマル》、浅香山丸《アサカヤママル》＝一〇〇〇名、大小発《ハツ》四十八隻《セキ》）叢雲《ムラクモ》、夕立《ユウダチ》護衛ノ下《モト》ニ九月一日〇六〇〇RXE発《ハツ》イサベル島西部(Barhrbitu）附近着。附近沿岸ニ潜伏。九月四日、東南端サンジョウゲ島北側水路ニ潜伏。九月五日未明、ガダルカナル島北端ニ上陸敢行ノ予定。九月二日夜、タイボ岬附近ニ上陸ノ部隊左ノ如《ゴト》シ。

津軽、哨戒艇二、辰和丸、敷波、浦風

〇六一五、右岡田部隊を満載せる輸送船颯爽《さっそう》と南下す。夕暗《ゆうやみ》近く突如《とつじょ》「第二文丸ハ直《タダチ》ニRXCブカ泊地ニ到《イタ》リ、対空哨戒《タイクウショウカイ》ニ当ルベシ。発《ハツ》八根参謀《サンボウ》」の命令あり。ショートランドに別れを告げて、月出《い》でぬ暗黒の海を一路北上す。

＊爆雷《ばくらい》……潜水艦攻撃用の爆弾。水中に投下または

発射され、一定深度に達すると爆発する。
＊麾下《きか》……「大将の指揮の下《もと》」の意味から、ある人の指揮下にあること。
＊大発《だいはつ》……大型発動機艇の略。「小発」は小型のもの。陸軍の輸送及び上陸作戦用の舟艇。

九月二日　航海　ブカ入港
ここソロモン群島に於《お》ける二百十日はあまりにも静穏《せいおん》に暮れた。ブーゲンビルの聳立《しょうりつ》する山を右の雲間に見て徒然《つれづれ》なる航海は続く。

島崎藤村著、詩集「早春」を五十頁程読む。

一三三〇、我が戦闘機《せんとうき》部隊は編隊も鮮《あざや》かに十七機、今日の戦果（RXI攻撃）を土産《みやげ》に悠々《ゆうゆう》ブカ上空通過帰還《きかん》の途《と》にあり。御苦労でした。嗚呼《ああ》！　一機編隊より離れて高度低く本艇の上空を過《す》ぐ。見れば気の毒に翼には大きな穴。痛々しい姿。無事基地に帰ってくれる様に。

一六三〇、ブカ泊地入港仮泊《かはく》。静かな港。艇はほっとした様に微動《びどう》だにせず浮かぶ。「これぁ、ショートランドより遥《はる》かにいいぞ」誰か水兵の奴が叫んでいた。椰子《やし》の葉蔭《はかげ》に土人の部落が十ばかり。土人がカヌーで夕陽に映《は》ゆる海——今、本艇が歩いた方へ漕《こ》いで行く。何しに行くのであろう。

東の浅い海面が我が攻撃機らしきもの不時着せるのだろう、機体を海に突込んだまゝ悲しい姿を横《よこた》えている。

本日の電報左の如《ごと》し。

(1)一二〇五、敵巡洋艦一、輸送船一RXTに入港す。四駆は直《ただち》に之《これ》を撃滅すべし。発十八戦隊司令官。

(2)一五五二、敵襲《てきしゅう》、連絡不能。発呉《はっくれ》三特司令。

(3)本日於RXI友軍飛行機は大なる戦果を挙《あ》げた模様なり。発津《はっつ》軽《がる》、陽炎《かげろう》艦長。

西の空に稲光《いなびかり》が劇《はげ》し。一九〇〇、ラジオニュースは東郷外相の辞職。東條首相の外相兼摂《けんせつ》及び大東亜省設置の報を伝《つた》う。

風なければ　静かにして　蒸し暑き　夜なり。

ひたすらに　捧《ささ》げまつらん　大君《おおきみ》に
あしたゆふべの　さだめなき身を

＊聳立《しょうりつ》……高くそびえ立つこと。
＊兼摂《けんせつ》……兼ねること。

九月三日　於ブカ

朝来俄雨頻到《にわかあめしきりいた》る。〇七三〇、出港予定たりし処《ところ》天候悪《あ》しきため、見合わせとなる。土人、カヌーを操《あやつ》りて本艇に来《きた》り。パパイヤ、バナナ、鼈甲《べっこう》の皮を買《か》う。買《か》うというても物々交換。即《すなわ》ち煙草《たばこ》と代《か》える。彼等仲々商売気を出して一個と一個の交換である。これでは却《かえ》って高いものになる。土人の肌は黒褐色《こっかっしょく》、縮《ちぢ》れ毛、鋭い眼、淡白《あわじろ》い手掌《てのひら》。まるで類人猿を思わす。

本日RXTの敵部隊攻撃は天候不良のため、不可能の由《よし》電報入る。杉浦重剛翁の倫理学進講草案を一〇〇頁《ページ》程読破す。啓蒙感銘《けいもうかんめい》せしむるところ極《きわ》めて大。江湖《こうこ》の名著というべし。

艇静かなるを幸い、朋友《ほうゆう》数氏へ便りをしたたむ。

東京・池袋なるともがらに

遠き身なれば　星月夜《ほしづくよ》打眺《うちなが》めても　物思《おも》わで
あやめもわかぬ　南の今宵《こよい》
あやしくも憂《う》き身《み》に絶え間なく物思わする
ひとりつれなき吾《わ》が思いは　さびしく胸に忍び入るなり

＊江湖《こうこ》……「中国の揚子江《ようすこう》と洞庭湖《どうていこ》」から、川と湖のこと。転じて世の中、世間。
＊ともがら……仲間のこと。

九月四日　於ブカ

天候快晴。暫《しばら》く振《ぶ》りで南洋の空を思わす。〇七三〇、出港。珊瑚礁《さんごしょう》にかこまれた静かなブカ島と小島との間を縫《ぬ》いつつ、ゆるやかに艇は滑《すべ》る。水清く底が鼠色《ねずみ》になって水面に映る。過《す》ぐ行く島々の辺《あたり》には豪州《ごうしゅう》の人でも植林したのであろう。椰子《やし》の林、その間に土人の部落が見え隠れする。本当の水色とは珊瑚礁《さんごしょう》の砂浜に浮かぶ水の色ならん。白く白波がよせては返し。

一〇〇〇、島と島の間に仮泊す。

一三〇〇、第一陣散歩上陸組と共に三〇〇米《メートル》先に浮かぶ島に上陸。土人が迎えてくれる。女達は驚いたのであろう、皆逃げてしもうた。

煙草《たばこ》を大好物とする彼等《かれら》と物々交換が始まる。バナナは山程仕入れた。この部落は仲々《なかなか》整然としている。石のとりでが巡《めぐ》らされ、集会所《しゅうかいじょ》、寺子屋の様《よう》なのが小綺麗《こぎれい》に建っている。屋根は椰子の葉葺《ぶ》きで極《きわ》めて精巧なり。柱にトカゲの彫刻がある。酋長《しゅうちょう》(自分で称している)の家には自転車がある。カヌーは縁の下にどの家でも置いてあった。彼の唯一の財産であろう。「いんこ鳥」を一羽物々交換で得た。赤い毛のいんこ。たちまち本艇の愛嬌物《あいきょうもの》となる。兵達が喜んでくれる。私は鳥を得たそのものの誇らしさより、本艇のマスコットとして兵達が喜び可愛《かわい》がる姿を見て喜《よろこ》ばしさを感ずる。「文《ふみ》ちゃん」と呼んでやりたい。椰子《やし》の実《み》を美《お》味《い》しそうに食べている。

一一三〇頃、我が攻撃機、戦闘機の一群が（約三十機）灼熱《しやくねつ》の太陽に銀翼を連《つら》ねて戦果の土産《みやげ》も颯爽《さつそう》と西に帰る。勇しきかな。

夢がごと　静かにうごく　星くずは
　あやめもわかぬ　やみのみ空に

九月五日　於ブカ

一二〇〇、出港。南下す。ブーゲンビル島とブカ島の間のブカ水道に入り仮泊《かはく》。土人達が軍艦が来たとばかりに恐れてカヌーもきれいに逃げ出す。風光絶佳《ふうこうぜつか》な港なり。椰子林が青々とした緑の芝生の上に行儀よく生え、朱塗《しゆぬ》りの綺麗《きれい》な家屋が建っている。一六〇〇頃、土人の一団がカヌーで物売《う》りに来る。可愛《かわい》い四、五歳の子供といる。「むすび」をやったら、とてもその親子が喜んでいて、パパイヤを三つ程くれる。あどけなし。煙草《たばこ》を二、三本と交換するものだから、中《なか》には全然置いていかずに帰る奴がいる。ブツ〳〵不平をいいながら。夕方、特別監視艇光進丸横着《よこづ》け。艇長が仲々面白い話をしていた。このブカ島警備隊及飛行場に時々敵空襲ありし。また敗残兵が無線器を持って山中に隠れおる由《よし》。今日のパパイヤは美味《おい》しかった。

天《あま》の戸は　開き給《たま》えと　こひねごふ
　　遠の山川　かくれ見えねば

九月六日（日）　於ブカ
〇九〇〇、出港、転錨《てんびょう》。風少なく猛暑烈《はげ》し。土人の群が一日中押し寄せて来た。若い土人は仲々日本語を知っている。

食料船およびこれが護衛のキャッチャーボートで入港。

かつて我が館砲《たてほう》時代の教官、安田義達大佐の指揮する横五特陸はブナに向かう予定らしい。

ブナ方面ＲＸＪは天候悪く、飛行機の行動阻害《そがい》され、彼《か》の地における我が陸上部隊は苦戦の如《ごと》し。

本日、敵は特にＲＸＥに対《たい》し作戦を計画《けいかく》しおるものの如《ごと》し。ＲＸＥの警戒を厳《げん》にすべしの命来《めいきた》る。

うち煙《けむ》る　南の夜の　静けさに
　　月俤《つきおもかげ》の　心地こそすれ

＊俤《おもかげ》……おもかげ、顔付き。ようす。

＊館砲……海軍館山砲術学校（千葉県）のこと。兄は軍医学校卒業後、一ヶ月程この学校でカッターなどの訓練を受けた。

九月七日（月）　於ブカ

見事とも云《い》うべき快晴に、南洋の日は骨に沁《し》み込《こ》む様に射《い》る。今日も一日中ブカ島泊地にて無事なる日を送る。

ＲＸＥに敵大型水艇三機現わるも、之《これ》を撃退せりと。又我が飛行機群はＲＺＱ方面に敵を求めたれども獲物《えもの》なしと。

発《はっ》八根長官、最近、敵米国は新鋭なる大部隊（落下傘《らっかさん》部隊をも含む）を豪州に輸送せる形跡あり。何か新作戦を計画《けいかく》中のものの如《ごと》し。当方面各部隊は警戒並《ならびに》防備を厳《げん》にすべし。防備の材料不足の折りは至急申出すべし。との電入る。警戒すべし〳〵。

高潮《たかしお》の　みだれすさぶも　乗越《え》へむ
心こめにし　千人針して

九月八日　於ブカ

今日も亦《また》　身の置き処《どころ》なき　暑さかな

灼熱《しゃくねつ》の太陽は厭応《いやおう》なしに射《い》り下る。

一二〇〇、転錨《てんびょう》。ブーゲンビルの山麓《さんろく》の方に移る。椰子《やし》林の海岸辺《あた》りに立派な洋人の館《やかた》がある。艇長と共に上陸して見たが、荒らされた家屋は仲々。か丶る山間の地に似合わず。彼《かれ》等《ら》欧米人らしく大したものだ。囀《さえず》る小鳥は無数に椰子《やし》の葉《は》蔭《かげ》で遊ぶ。牛が十頭程さびしそうに歩いていた。艇長は明日、これを捕《とら》えて食用に共《きょう》せんと。工場の如《ごと》きものあり。か丶る人里はなれた僻《へき》地《ち》にしては豪勢《ごうせい》な限り。今日はどこからともなく不気味な銃声が聞こえて来た。

(一) 二一四〇、第四駆、ノルマンビール島東方ニテ敵雷撃機四、爆撃機四、戦闘機一、以上ノ攻撃ヲ受ク。
嵐《アラシ》、魚雷損傷(重傷一)。
天龍、被害ナシ。

(二) RXIニ又ヤ敵兵団来襲セリト。

空鏡《そらかがみ》　さやかならねど　我が顔に
　光は落ちて　触《ふれ》るぞうれ志《し》き

九月九日（水）　於ブカ
午前兵員の入浴（陸上洋人家屋に於《お》いて）。短時間上陸許可。小銃二梃《ちょう》を引きさげて牛狩りに向かうも、牛は逃げ去って居《お》らずと。
一二四五、出港。ＲＲに帰投すべく一路西行《さいこう》す。

九月十日（木）　航海、ラボール入港
洋上に一日が明け暮れる。正午頃より愈々《いよいよ》ニューアイルランドおよびニューブリテンの両島蔭《しまかげ》が浮かぶ。一二〇〇頃、巡洋艦二、南下す。
一六〇〇、ＲＲ入港。顧《かえり》みれば八月十五日早朝出港以来、満二十七日振りなり。噴火山が相変わらず煙を吐《は》く。ＲＲ湾口には我が艦隊は湾口狭《せま》しとばかりに入港中なり。すなわち、鳥海《ちょうかい》、天龍《てんりゅう》、龍田《たつた》、津軽《つがる》、駆逐艦約十、潜水母艦一、潜水艦一、特務艦約十、病院船氷川《ひかわ》丸は白体を横たえる。実に見事な勢揃《せいぞろ》いなり。
（一）敵ハ有力ナル機動部隊ヲ以《モッ》テ来襲ノ模様、警戒ヲ厳《ゲン》ニスベシ。（発《ハッ》八Ｆ長官）
（二）ツラギニハ敵巡一、駆逐艦十位居《イ》ル模様《モヨウ》。
我が航空部隊は連日ＲＸＩには攻撃中なるも、大した戦果挙《あ》げ得《え》ず。
五特根渡辺軍医長より左の通り書類受理す。

(一)戦時医事月報ノ件。

(二)医務書類処理ニ関スル件ノ通知(発《ハッ》四F軍医科士官)及他《オヨビ》一通。(発《ハッ》四F軍医長)

九月十一日(金)　於ラボール

○七〇〇、出港。給水船和洋丸《わようまる》より清水《せいすい》補給六噸《トン》。

○九一五頃、我が飛行機が飛行場上空で、急降下爆撃の猛演習中悠々《ゆうゆう》敵B－17一機RR湾上空に来襲。一回転偵察して帰る。直《ただ》ちに我が戦闘機群上昇するも、敵は見る間に蚊《か》の大きさになる位高度を上げる。逃足の早きこと〳〵。

午後上陸。二十八日振りでラバウルの土を踏んだ。沢野《さわの》部隊に比留間《ひるま》軍医中尉を訪ね御馳走《ごちそう》になる。さらに八十一警病舎に中《なか》少尉、上川《かみかわ》中尉を訪《たず》ぬ。さらに二空《にくう》にいる某《ぼう》中尉(同期生)と共に歓談限りなし。

我が家に手紙を出す。金百円、金五拾《ごじゅう》円(佐原《さわら》)に送金、および増俸本給の家族渡《わたし》手続を取る。

午後、我が家から初の便りが来た。

八月五日の日附である。よくこんなに早く届くものだ。何回も〳〵も繰返して読む。思わず涙が出た。自ら頑張って、この親、この弟妹達の志《こころざし》に報いねばならぬと誓《ちか》う。

新乗艇者三名(水兵一、機兵二)乗艇す。生糧品《せいりょうひん》、酒保《しゅほ》物品補給す。

九月十二日（土）　於ラボール

○五〇〇、出港。特設給油船極洋丸《きよくようまる》（捕鯨母船《ほげいぼせん》）より重油補給。極洋丸はまるで見上げる様な大きい甲板《かんばん》に零戦《れいせん》二十数機搭載《とうさい》しありたり。上甲板はまるで運動場の様に広《ひろ》い。吃水線《きっすいせん》下十一米《メートル》程あり。デカイとはこの船の事なり。（家へ送金百円、佐原へ送金五十円）○九〇〇頃、またもや敵空襲なれど敵機姿を見せず。味方飛行機がはるか上空に哨戒乱舞せるためならん。

午後、退艇者二名（機二）見送り上陸。焼けつく様な街を歩いて支那街を見物す。八十一警病舎にて中少尉より煙草を分けてもろうた。中少尉、上川中尉、二空〇〇中尉、佐六特某中尉（昨夜内地よりラバウルに来る。佐六特新編して吾妻《あづま》丸に乗り居《お》れり）等六十九期集まり談笑す。

二空《ニクウボウ》某中尉……一、今朝ツラギ方面ニ我飛行機行クモ、中攻《チユウコウ》三機未帰還。

一、今晩ソロモン群島方面ニ大作戦アリ。二空全機出撃。八艦隊ノ艨艟《モウドウ》ハ聯合《レンゴウ》艦隊ト共同ニテ一撃ニ敵ヲ粉砕セント。

一、来月モレスビーモ陥落スルナラン。モレスビー最後ノ攻撃ハ陸軍ハ陸カラ海軍、陸戦隊ヲ、二空ハ空カラ、三者共同ノ総攻撃ヲヤル由《ヨシ》。而《シカ》シテ二空《ニクウ》ハモレスビーニ進駐スルト。

佐六特某中尉……ナレバ我々ハモレスビー攻撃陸戦隊ナリト。

上川《カミカワ》中尉……ラビ攻撃（八月二十七日実施）呉《クレ》三特、千坂《チサカ》軍医中尉参加、上陸ニ成功。一時敵陣ニ深々突入セルモ、天候悪ク味方飛行機活動出来ズ。敵機ノ猛然ナ来襲ノ為メ遂《ツイ》ニ後退セリ。食品ハ焼カレ十日間中三日シカ、而《シカ》モ満足ニ食事セズト。死傷者激シク、時《トキニ》、我ガ横五特陸（安田義達大佐）応援《オウエン》（駆潜艇二杯便乗）セルモ、上陸不可能トナリ、一杯ハ呉三特ノ敗惨部隊収容ニ行ケリ。ケレド山ノ中ニ逃ゲタリシテ連絡不能ナ兵ハ、残念乍ラ置キ去リデ見殺シナリト。横五特陸ハラバウルニ引返ス。千坂中尉ハ九死ニ一生ヲ得、軍刀ニ敵弾当リシノミ。

昨日、弥生《やよい》、一五二五頃、敵機二十機の来襲を受《う》く。終《つい》に沈没せり。〇〇五号掃海艇もガダルカナルに於て沈没せりと、来電あり。

今晩も暑いけれど久し振りで月出《い》ず。三日月なり。月夜になると敵空襲が始まる事だろう。明日は正午出港、ブカに向かう予定なりと。

九月十三日（日）　於ラボール　航海中

昨夜、「第二文丸《フミマル》ハ至急出港準備ヲナシ置カレ度《タ》シ。発《ハッ》八根司令官」の命令ありたると。無事一夜は明けて今日も朝から暑し。

午前中、八十一警備隊、長谷川隊の陸戦隊員二十一名に高角砲《こうかくほう》（八糎《センチ》）一門、砲弾、食糧等満載。正午またラボールに別れを告げた。またもや空襲警報響き渡る。ニューアイルランドとの海峡《かいきょう》にかかる頃、波は此《こ》の前の如《ごと》く、船は大きく動揺《どうよう》す。気分優れず。実《じつ》にカブるのは苦手なり。頭痛はする。食事は不味《まず》い。

＊高角砲《こうかくほう》……侵入する敵機を迎撃するのに用いる火砲。陸軍では高射砲といった。

九月十四日（月）　於ラボール

昨日よりは遥《はる》かに波が静かになったけれども頭は重し。便乗《びんじよう》の兵の中に二、三名苦しそうに嘔吐《おうと》しているのが居《い》る。ブカ島近し。

巍々《ぎぎ》として雲表に聳《そび》ゆるブーゲンビルの山が水平線上に浮かぶ。一一〇〇入港。ブカ警備隊員の話による。未だ残敵が無線器五台も有する約二十名、土人兵を使って山中にひそみおると。今日も討伐《とうばつ》に出掛けたりと。

此処《ここ》は静かでよいが風少ない。本日の電文は左の如《ごと》し。

(一) ガダルカナル飛行場ハ敵使用中ニシテ約二十機位ナリ。飛行場ニハ装甲車二、B－17四、其他機数《ソノタキスウ》不明。

(二) 陽炎《カゲロウ》、白雪《シラユキ》ハ今夜タイボ岬ヨリ突入、敵艦船ヲ攻撃セヨ。

(三) 二十四駆（涼風欠《スズカゼケツ》）、浦波《ウラナミ》、叢雲《ムラクモ》、夕立《ユウダチ》ハルンガ岬ヨリ突入、敵ヲ攻撃中。発十三日一九〇〇。

夕方警備隊より未《ま》だ生きている豚《ぶた》を一頭頂戴《ちょうだい》。早速《さっそく》看護長がこれを殺し、先任下士《かし》及小林一水《いっすい》がこれを料理する。戦地だわ、と思うたり。左膝《ひざ》部フルンケル腫脹《しゅちょう》して疼痛劇《とうつうはげ》し。

思ひやる　おぼろ〳〵の　その影は
　　八重《やえ》の雲間に　かくれ宿らん

RXXレカタ　RXWキゾ

＊巍々《ぎぎ》として……山の高く大きいさま。高大なさま。
＊腫脹《しゅちょう》……腫瘍《しゅよう》などで、身体の一部がはれてふくれること。むくみ。

九月十五日（火）　於ブカ
　今日は一日中雲に覆《おお》われて涼し。こんな日が続いてくれると有難し。一日仮泊《かはく》せるまま何事もなく一日が終わってしまった。
　また土人の操《あやつ》るカヌーの群が船に押寄せてパパイヤが沢山《たくさん》手に入る。此処《ここ》ブカ島に居《お》ればパパイヤの食詰《くいつ》めなり。戦場にこんな平凡な日があるのかと思う程平凡な一日であった。

「敵輸送船団《センダン》現ワル。駆逐艦六護衛セリ」またもや小癪《こしやく》にも敵が近づいたり。どこに上陸するというのだろう。敵も仲々活発《かっぱつ》な活動を見せている。然《しか》し我がお偉方《えらがた》は何をしているのだろう。敵のためツラギ、ガダルカナル方面を攻略《こうりゃく》されてから早や一ヶ月余の月が過ぎているのに、こんなソロモンの島辺で喧嘩《けんか》をしていては豪州攻略《ごうしゅうこうりゃく》は思いもよらず、徒《いたず》らに歳月を費《ついや》すのみ。拙速《せっそく》を忌《い》む。

井蛙《せいあ》は　海原《うなばら》遠く　遠《とおざか》りけり
　　学《まな》びの道も　かくぞありなん

＊井蛙《せいあ》……井戸の中のカエル。見識の狭いこと。また、その人のたとえ。ここでは自分のこと。自分のような井戸の中のカエルは遥かの海まで遠く来たが、学問の道もまた同様なものだ、の意。

九月十六日（水）　於ブカ

昨夜熟睡《じゅくすい》中の二三〇〇、当番兵の空襲の報に起こされた。さては来たなと緊張裡《り》に甲板に出る。夕方の猛烈なるスコールは已《すで》に止むも、月は雲に隠れて闇夜《やみよ》なり。何処《どこ》が敵機姿は分からぬが上空でブーン〳〵と蚊の鳴く様な音が不気味に暗黒の闇に響いている。

本艇の錨地《びょうち》より数千米《メートル》離れた飛行場目掛けて投弾。二十発《はつ》程炸裂《さくれつ》する音と共に火花がボーと照《は》り映える。焼夷弾《しょういだん》もあるらしい。二十分間位行きつ戻りつして投弾していった。一昨日および昨日、味方飛行機がこのブカ飛行場に着陸したので敵敗残兵が諜報《ちょうほう》したのだろう。今朝の真夜中の〇一〇〇頃、又もや敵空襲なれど私は寝込んでいてしまって何も知らなかった。二回目の奴は照明弾《しょうめいだん》を以《もっ》て投弾せりと。今日午前、警備隊員の話によると、宿舎附近及飛行場の真中に命中せるも被害なし。土人の知らせで敵襲の恐れありとて総員配置についたれど何もなかったりと。さぞ彼等《かれら》も五十名足らずの兵で心配した事だろう。

昨夜起こされたので一日中眠たかった。仮泊《かはく》の儘《まま》今日も一日が終わったが蒸暑《むしあつ》し。

(1)〇一〇八、レンネル島東端三七浬《カイリ》ニ水母一、駆一、更ニ航母一、駆二、速力二五節《ノット》。同島東端ヨリ九九度七浬《カイリ》ニ駆五、輸送船四、其《ソノ》後約五浬《カイリ》ニ駆一、輸送船団発見《センダンハッケン》(何《イズ》レモ六〇〇〇―八〇〇〇噸《トン》)

(2)十五日、一八一五、味方航空部隊ノ攻撃ニヨリ、漂流大火災ノ敵航母(エンタープライズ型)一八左ニ大傾斜、一九〇〇、沈没セリ。

(3)敵輸送船団《センダン》、今夜〇一〇〇、「サンクリストバル」島北西水道ニ達スルモノト判断ス。第一潜水部隊ハ之《コレ》ヲ撃滅スベシ。十五日一五三〇。

(4)十六日〇三三〇頃ヲ期《キ》シ、飛行機部隊ノ全力ヲ以《モッ》テ敵輸送船団《センダン》ヲ攻撃スベシ。左ノ二ツハ、発連合《ハツレンゴウ》艦隊長官、宛《アテ》各長官

（イ）RXNノ陸軍ハ、十二日―十四日攻撃実施スルモ、RXI奪回《ダッカイ》不可能ナリ。兵力整備後、途《ト》ヲ策《サク》スルニ決セリ。

（ロ）RXN攻略《コウリャク》作戦ハ、陸軍ノ兵力増強ヲ俟《マ》チテ之《コレ》ヲ再興《サイコウ》セントス。

（5）二十四駆、敵雷撃《ライゲキ》ノ攻撃ヲ受ケタルモ被害ナシ。

（6）ガダルカナル敵飛行場攻撃ノ陸軍部隊ハ、敵砲火烈《ハゲ》シキタメ今日ハ成功セズ。サレド、ガダルカナル飛行場ニ於《オ》ケル敵機兵力ハ最近減少セルモノト思考サル。

誠に米国だけあって敵もさるものなり。盛《さか》んに活発《かっぱつ》な動きを見せている。ここ二、三日中の我が作戦が見物であろう。昨日○七○○、出港湾口測量の予定なり。

＊錨地《びょうち》……船がいかりを下ろして停泊するところ。
＊雷撃《らいげき》……魚雷で敵艦船を攻撃すること。
＊諜報《ちょうほう》……敵情をひそかに探って知らせること。また、その知らせ。

九月十七日（木）　於ブカ

午前五時半というのに日は射《い》る如《ごと》く蒸《む》し暑く汗がにじむ。身のやり場がない。全く今期の暑さに降参せり。

○七○○、出港。ブカ港泊地の水深測量を行なう。従って湾口の島廻り見たいなものだ。

けれどジャングルの島ばかりでは面白くもなし。正午、陸地の部落近く仮泊《かはく》す。

（1）吹雪《フブキ》、潮《ウシオ》、涼風《スズカゼ》、敵艦爆《カンバク》ノ来襲《ライシユウ》ヲ受《ウ》クルモ、スコール中ニ回避《カイヒ》シ被害ナシ。敵機三撃墜確実ナリ。十六日一五五〇。

（2）第四駆モ敵急降下爆撃機オヨビ雷撃機《ライゲキキ》約一〇ヨリ攻撃受クルモ被害ナシ。

（3）敵ハ我ガ輸送路ノ阻止《ソシ》ニ狂奔《キヨウホン》シツヽアル模様ナリ。

（4）今朝敵機一、ＲＸＥヲ偵察、ＲＺＱニ次ノ報告ヲナス。（輸送船五、巡一、其他《ソノタ》三）

（5）敵潜水艦一、カゼル岬沖ニ現ワル。

一九〇〇、ラジオのニュースは谷正之氏の外務大臣及情報局総裁親任《そうさいしんにん》、および青木一男氏の国務《こくむ》大臣就任《しゅうにん》を告ぐ。又独軍《どくぐん》のスターリングラード市街突破を知らす。午前中航行中、先任下士の釣り糸に二尺《しゃく》五寸《すん》程の魚がかゝる。船中愉快なる賑《にぎや》かさ。早速夕食に「刺身」となって食膳《しょくぜん》に供《きょう》されたり。

＊親任《しんにん》……天皇みずから高官を任命すること。

＊艦爆《かんばく》……艦上爆撃機のこと。航空母艦から発進し、敵の施設や艦船を爆撃する。主力は九九式艦爆と彗星であった。

＊雷撃機《らいげきき》……魚雷を発射する装備をもつ航空機。

＊スターリングラード……ソ連（当時）南西部の工業都市。第二次大戦におけるドイツ軍と

ソ連軍との激戦地。
＊二尺五寸……約七五センチ。

九月十八日（金）　於ブカ
　今日は一日中灰色の雲が空を覆《おお》ってさらに良い温度。二、三回大きなスコールが襲来《しゅうらい》す。昼《ひる》過ぎ陸上に徴発《ちょうはつ》に出掛けた。二階建のちょっとした建物は支那人《しなじん》の商店である。主人支那人（広東人《かんとんじん》の由《よし》）とその女房が二人いて、子供は六歳位のを頭に六人もいる。顔は青く痩《や》せてはいるが可愛《かわい》い児《こ》達だ。我々が貰《もろ》うた慰問袋《いもんぶくろ》と明治キャラメルを十位与えたら、子供達はいぶかしげな目付をしながら受取っている。親達は大分喜んでいた。彼《か》の男に米と箸《はし》とを与えて彼《かれ》の大事にしていた十羽の鶏《にわとり》の中三羽わけてもろうた。妻君《さいくん》は大分いやな顔をしていた。我々も気の毒とは思うたが頂戴す。こんな土人の部落も点在する椰子林の島で良くも二人の妻と六人の子供を養うているかと思うと感心した。本当に支那人は偉《えら》いものだ。
　家屋の中の一片の紙に「日本軍大勝利。最後《さいご》の勝利は日本にあり。されど戦争の前途尚《なお》遼遠《りょうえん》なる」意味の文字が走り書きしてある。
　本日左の如《ごと》き電報あり。
（一）RR航空部隊、RZQ夜間爆撃ニ向ウモ天候不良、視界狭《セマ》キタメ引返ス。
（二）ブナカナウ飛行基地ニ敵空襲アリ。陸攻《リクコウ》三、艦爆《カンバク》二、炎上ス。

（三）（イ）海軍部隊ノ発見《ハッケン》セル敵輸送船団《センダン》ハ「タイボ岬」ヨリ揚陸《ヨウリク》ノ模様《モヨウ》アリ。

（ロ）敵ハ毎日一隻《セキ》――二隻《セキ》位ニテ陸上ニ物資ヲ揚《ア》ゲ、兵糧《ヒョウロウ》、武器、弾薬ノ補給増強ニ努メツツアリ。

（ハ）敵ノ夜間警戒ハ不確実ナルヲ以《モッ》テ、夜襲攻撃ハ公算大《ダイ》ナリト認ム。

（ニ）味方陣地前面ハ処々《トコロドコロ》ニ密林アリ。而《シカ》モ敵ハ海岸正面ノミナラズ、密林正面ニモ陣地強力ニシテ味方海岸ニ出《イ》デントスレバ、敵飛行機ノ発見《ハッケン》ノ恐レアリ。連隊《レンタイ》砲《ホウ》ノ如《ゴト》キ大《ダイ》ナル砲ハ運搬不能ナレバ、迫撃砲《ハクゲキホウ》ノ増加ヲ願フ。

（ホ）敵ハ我レ飛行場襲撃ニ失敗、後退スルモ一名ノ斥候《セッコウ》ニ追尾《ツイビ》セザレバ、敵ノ攻撃意志ハナキモノト推断《スイダン》セラル。

（ヘ）ミッドウェー作戦ノ二ノ舞《マイ》ヲ防《フセ》ガントセバ、航空母艦ヲ適宜《テキギ》ナ処《トコロ》ニ置キ後退シ、繰返シ飛行機ハ母艦ヲ離レテ陸上ニ着陸スル覚悟ヲ以《モッ》テ作戦スルヲ可ト思ウ。

（何《イズ》レモ、ガダルカナル陸軍、岡部隊長発《ハッ》電）

さすがの無敵陸軍も制空権《せいくうけん》を敵の手に託《ゆだ》ねては進攻出来ぬであろう。

（四）敵輸送船多数。〇〇〇〇島ニ物資揚陸中。巡二、駆逐十七隻、コレヲ護衛ス。（発《ハッ》ガダルカナル通信基地）

しかし日本海軍部隊は何をしているのだろう。大きな獲物《えもの》を目の前にして、特に潜水艦及飛行機は誠にはがゆい次第である。やはり「物」が足りぬのであろう。少し位の犠牲を覚悟して一挙《いっきょ》に敵を叩《たた》かねば戦い長びかせるばかりだ。こんな島の取りやりで日月を浪費して豪《ごう》州《しゅう》作戦は如何《いか》なるか。参謀の偉い方、確固たる信念の下《もと》、断案以《だんあんもっ》て敵を撃砕《げきさい》せよ。

＊慰問袋《いもんぶくろ》……出征軍人などの慰問のために手紙・日用品・娯楽品などを入れた袋。
＊迫撃砲《はくげきほう》……曲射砲の一つ。砲口装塡式で、構造も簡単かつ軽量な火砲。比較的近距離の敵に対して用いる。
＊斥候《せっこう》……敵の状況や地形などを探ること。また、そのために部隊から派遣する少数の兵士。
＊断案《だんあん》……案をきっぱりときめること。

九月十九日（土）　於ブカ

昨夜二二〇〇―二三〇〇頃、ブカ飛行場にまたもや二回に渉《わた》り空襲あり。悠々《ゆうゆう》低空で照明弾を投げては爆弾を落とす。されど私は少しも知らずに寝てしまった。呑気《のんき》なものだ。午後《ごご》より雲多く幾《いく》らか凌《しの》ぎ良し。

（1）本日RXN攻撃航空部隊ハ天候不良ノタメ引返ス。
（2）RX方面戦闘《セントウ》ノタメ飛行機増援方《カタ》願ウ。（宛《アテ》海軍航空本部長）
（3）十九日一〇〇〇、敵潜水艦ニヨリ白金丸魚雷攻撃ヲ受ク。於RXE三十度C、四十五浬《カイリ》沖、一〇〇五、白金丸魚雷命沈没ニ瀕《ヒン》スルモ曳航《エイコウ》可能。直《タダチ》ニ白鷹《シラタカ》、コレニ爆雷攻撃

ニ向《ムカ》ウ。効果稍《ヤヤ》確実。（発《ハッ》夕霧艦長オヨビ白鷹艦長）

（4）タイボ岬附近ニ敵艦船ノ姿ヲ見ズ。昨夜ノ戦果知ラサレタシ。敵監視ノ都合アリ。（発ガダルカナル通信基地）

一四〇〇、転錨《てんびょう》。今月上旬上陸せり。東南部の部落附近に投錨《とうびょう》す。

九月二十日（日）　於ブカ

珍しくも終日小雨が降りては止みして、所謂鬱《いわゆるうつ》とおしい天候であった。この分ではＲＸＩ攻撃の航空部隊も中止になる事だろう。土人が参々伍々《さんさんごご》カヌーで押寄せる。朝からパパイヤの食い詰《つ》めである。この分だとこのブカに居《い》ると土人臭《くさ》くなるかも知れない。

〇九〇〇、一寸《ちょっと》陸上に揚《あ》がって見た。緑の庭に美しい花が咲き乱れている。一枝程折って私の室と士官室にかざる。花瓶《かびん》がないのでパイナップルの空き鑵《かん》に生けた。生花は仲々難しい。いくらやっても自分の気に入った恰好《かっこう》になってくれぬ。然《しか》し一輪でも机の上に咲いてくれると、何となく麗《うる》わしさを添《そ》えてくれるものだ。

（1）本日ノＲＸＩ方面攻撃及ＲＺＱ空襲（第六及第一空襲部隊）ハ天候不良デ不可能トナル。

（2）ＲＸＥ方面敵潜水艦出没ノ状況ニ鑑《カンガ》ミ、当方面ニ防潜網敷設《ボウセンモウフセツ》スルコト。

（3）ＲＸＩ敵艦船出入附近ニ機雷《キライ》ヲ敷設《フセツ》スベシ。

（4）（イ）二十日〇九一五、敵戦闘機十六増援セラレタル模様ナリ。

（ロ）敵戦闘機三十上空哨戒《ショウカイ》飛行中。　発ガダルカナル通信基地

○九〇〇頃、東の山あたりに敵ボーイングの爆音らしいものが聞こえたが、雲低く機姿は見えず。夕刻になると綺麗《きれい》な小鳥達が椰子《やし》の葉蔭《はかげ》で涼しそうに囀《さえず》っている。それが丁度《ちょうど》内地の今頃、軒端《のきはし》で聞くすゞ虫の音の様だ。それだけが私に私らしさを感じさせる。

群鳥《むれどり》の　静かに啼《な》いて　誘《さそ》へども

椰子《やし》の島には　秋は来《こ》ぬなり

＊防潜網《ぼうせんもう》……湾入口付近に潜水艦の潜入を防ぐ鉄製の網。
＊機雷《きらい》……「機械水雷《きかいすいらい》」のこと。水面下に敷設《ふせつ》・係留し、艦船が接触したりすると爆発する水雷。

九月二十一日（月）　於ブカ

朝来《ちょうらい》小雨が降り続く。この分だと甚《はなは》だ凌《しの》ぎ良い。然《しか》しこんなに毎日悪い天気が続くと、我が航空部隊の活躍がそれだけ延期になるわけ。結局好天でなくては困るのだ。

一二〇〇、転錨《てんびょう》。教会《きょうかい》のある建物の陸上に揚《あが》って見た。立派な教会。こうした教会を見る度《たび》に彼等《かれら》白人の植民政策、外地政策の上手《じょうず》なのに驚く。こんな人里はなれた土人の部落にキ

リスト教をもってたちまち土人を従《したが》える彼等《かれら》の政策は上手というよりも偉いというべし。
白人（男二、女三人）がいた。何《いず》れも牧師及尼《あま》でフランス人及ノルウェー人とか。若い、とても日本人に似た支那《しな》女がいた。可愛《かわい》い子供が三人いる。斉藤兵長が英語で会話《かいわ》すると喜んで色々と話していた。自分も話そうと思うたが英語は出ずに、独逸語《ドイツご》ばかりでは弱った。小さい畠に胡瓜《きゅうり》、なす、菜《な》が植えられている。小じんまりとした白人の建物四つ。この白人達及支那女には何か好感がもてるものがあった。昨夜も敵の空襲があったそうだが、今夜も来るかも知れぬ。

九月二十二日（火）　小ブカ
案《あん》の定《じょう》、昨夜二三〇〇近く、敵機一機来襲、朧月夜《おぼろづきよ》の暗の中を本艇の頭上から飛行場方面に飛ぶ。数発《すうはつ》投弾、静寂を破って爆音がこだまする。大した処《ところ》には当ったのではない様だ。今度は照明弾を二発、火の玉があたりを照らしながら「幽霊」の如《ごと》くに静かに落ちて行く。何回も〳〵上空を旋回している。一時間位飛んでいたであろうか。爆弾を落とすなら落とすで早くすれば良いのに。こっちは眠い目をこすりながら不気味な空を眺《なが》めていた。
今朝はしきりに豪雨到《いた》る。スコールでなくて地雨《じあめ》になったらしい。
終日土人がカヌーで本艇に押寄せる。可愛い愛嬌《あいきょう》のある子供達が多い。四歳位から十歳位だろう。こんな小さい子供が美味《おい》しそうに煙草《たばこ》を吸うのには驚く。残飯をやったら喜んでいる。此等《これら》の土人の襲来も兵達の楽しみの一つだ。昨日の陸上の白人から鶏《にわとり》が六羽届いた。又、おいしいチキンライスが食べられるわい。今日の夕飯の御馳走《ごちそう》に卵焼きがあった。幾《いく》ヶ月振りだろうか。

（1）敵四発《パツ》大型機三、艦攻二、西方ヨリ帰投セリ。二十二日一三一二。（発《ハツ》ガダルカナル通信基地）

（2）敵ハ（グラマン多数、P－39若干《ジヤツカン》）三十―四十増強セル模様ナリ。斯《カ》ク敵飛行機増強ノ為、味方各部隊ノ行動妨《サマタ》ゲラレル。次ナル状況ニ鑑《カンガ》ミ、敵ハ夕方又ハ夜間、空輸又ハ航海ヲ以《モツ》テ飛行機ヲ運ブ様子ナレバ、払暁《フツギヨウ》、敵飛行場ヲ銃撃スルハ効果アリト思ワル。（発ガダルカナル通信基地）

ラジオのニュースは今秋《こんしゆう》の靖国《やすくに》神社臨時大祭の新祭神、一万有余の御霊および陸軍の空の至宝《しほう》、故加藤少将の於築地《つきじ》本願寺《ほんがんじ》陸軍葬の模様を伝える。

＊艦攻《かんこう》……艦上攻撃機。
＊払暁《ふつぎよう》……あけがた。あかつき。

九月二十三日（水）　ブカ

〇四〇〇頃、目が覚めてしもうた。今日は朝から何日振りかで快晴である。晴れるのも結構だが暑い。〇七〇〇、出港。十浬《かいり》程北上、仮泊《かはく》す。陸上に椰子《やし》の植林せる丘に部落が十個ばかり見える。早速艇長等と共に上陸。白人か支那人か、それに土人等が住んでいるのであろう。人の姿は何処《どこ》にも居ない。家屋内はすっかり荒らされて何もない。素晴らしい冷蔵庫がある。皆で各家屋をのぞいては何かないかと探し歩く。椅子《いす》、人形、本、食器等使えそうなものは皆持って来た。私も魔法瓶《まほうびん》を二つ頂戴《ちょうだい》してくる。うす気味悪い家屋をかけまわるので大汗三斗《おおあせさんと》。蜜柑《みかん》がびっしり成っている。三十程収穫あり。

明日は十五夜か。月が真丸い。

(1)第三関丸《せきまる》ハ二十五日一五〇〇、RR発《ハッ》RXCニ向カイ、第二文丸ノ任務ヲ引継ギ、第二文丸ハ引継ギ次第RRニ帰投スベシ。

愈々《いよいよ》明後日は又久し振りでRabaul《ラバウル》に帰れるわけだ。

一九〇〇、久し振りで軍艦マーチがラジオのスピーカーから流れる。

アリューシャン列島方面ニ活躍中ノ帝国海軍部隊ハ去ル八月三十一日、島湾口ニテ潜水艦攻撃ヲ以《モッ》テ敵巡洋艦一ヲ大破、更《サラ》ニ九月中旬、駆逐艦及特務艦ヲ以《モッ》テ敵潜水艦二ヲ撃沈セリ、と本日午後三時、大本営《だいほんえい》海軍部発表を告げる。

今日、陸上より取り来たりたるザボンはとても甘くて美味《おい》しかった。

＊大本営《だいほんえい》……明治以降、戦時または事変の際に、天皇に直属して陸海軍を統帥した最高機関。

明治二十六年に定められ、太平洋戦争終末まで存続した。

九月二十四日（木）秋季皇霊祭《こうれいさい》於ブカ
○七四五、秋季皇霊祭の挙式《きょしき》。遥《はる》かに三千浬《かいり》の皇居の彼方《かなた》、皇室の安泰《あんたい》、八百万神々《やおよろずのかみがみ》の霊《れい》に敬虔《けいけん》の念を捧《ささ》ぐ。
○八〇〇、再び上陸。途中猛烈なるスコール三十分程に浴びる。艇長は冷蔵庫を持参させてしまった。兵にも半舷上陸を許可する。
一三〇〇、出港。ブカ泊地湾内に到《いた》る。特務船東亜丸《とうあまる》及掃海艇一錨泊《びょうはく》中なり。夕食時には今日の秋季皇霊祭《こうれいさい》及中秋名月《ちゅうしゅう》を祝して、戦給品、銘酒《めいしゅ》「忠勇《ちゅうゆう》」が出て乾杯。スヽキの葉のないのは秋の十五夜感をうすめて物足りなさを感じさせる。けれどパイナップル、パパイヤ、バナナ、シャシャップ、イモ等がテーブルの上にかざられる。南洋にて送る中秋名月。雲多けれど、真丸い月は静かに照り映《は》える。故郷の父母も祖父母も、又優しき弟妹達もこの月を眺《なが》め、この日を送っていることだろう。
（1）RXEヲ二十四日一二三〇、偵察セル敵機ハRZQニ次ノ如《ゴト》キ報告ヲナセリ。
　敵巡五、駆九、水母二、運送船四。
（2）〇四三〇、敵五—六〇〇〇噸《トン》級運送船一入泊セリ（ルンガロード）。駆一沖合哨戒中。
　発《ハッ》ガダルカナル通信基地。

＊皇霊祭《こうれいさい》……旧制の国祭。毎年、春分・秋分の日に天皇みずから皇霊を祭る大祭。
＊半舷上陸《はんげんじょうりく》……艦船が停泊した際に乗組員の半数を当直として残し、半数ずつ交代で上陸させること。

九月二十五日（金）ブカ出港

特務船東亜丸《とうあまる》（七―八〇〇〇噸《トン》位ならん）入泊せる故、敵敗残兵が諜報《ちょうほう》したのであろう。〇七〇〇、軍艦旗揚《あ》げ方《かた》で喇叭《らっぱ》を吹き終わる頃、南方に悠々《ゆうゆう》敵ボーイングが高度三―四〇〇〇位で現わる。直《ただち》に戦闘《せんとう》準備の喇叭が響く。敵機南方に向かうや反転、我が方に向こうて来る。ぐん〳〵近づくと思うと頭上の雲間に這入《はい》る。畜生《ちくしょう》と思うた途端、東亜丸の向う側に大きな水柱が立ちこめる。やったな！　然《しか》し当らず。お坐《ざ》なりの爆雷を落としたものだから、もう用はなしと爆音高らかに南方に遁走《とんそう》せり。我をなめてか高度低いため、四発《ぱつ》のB―17の機影がはっきりと見える。あんな低空で来たのは初めてだ。掃海艇高角砲で応戦《おうせん》せるも射撃照準悪く効果なし。

一二〇〇近く第三関《せき》丸入港。早速関丸に行き久し振りで池田少尉に逢《あ》い、医務関係の打合《うちあわせ》其他《そのた》懇談せり。一五〇〇、出港。RKに向う。暗雲低く波高し。ブナ警備隊看護兵一及び設営隊員患者一（何《いず》れもマラリヤ）。便乗せしむ。

設営隊員はまるで乞食《こじき》の様だ。今まで毎日少しの粥食《かゆしょく》と味噌丈《だけ》けしか与えられなかったと。「栄養不良になっているのですよ」と誰かがいうていた。一昨年十二月徴用《ちょうよう》された由《よし》だが、今日も乾パン十片を与えられて之《これ》を二食分にせよといわれて来たと。私はここにも気の毒なのがいると心から同情を禁じ得なかった。食事を与うると彼等《かれら》はとても喜んでくれた。

自分の現在の好遇を悟った様な気がする。今晩はどうも荒気《シケ》るらしい。行く手に大きなスコールが立ち塞《ふさ》がっている。

九月二十六日（土）　航海中　ラボール入港

昨夜からスコールが降り続いていた。便乗者は気の毒にも毛布類からびしょ濡《ぬ》れである。波は丈余《じょうよ》に達す。船の動揺甚《はなは》だし。

昨日、三関艇長より頂戴の古新聞（八月七日頃）を貪《むさぼ》る様に読破す。

一四〇〇近くRR入港。特設艦船が相変わらず沢山入港碇泊なり。病院船高砂《たかさご》丸も入港中。飛行場近く海岸よりの椰子《やし》林が大分焼けている。敵空爆のためガソリン鑵《かん》に火が移ったのであろう。八、九月分の俸給《ほうきゅう》四三一円〇八銭を有難くも頂戴す。

（1）一〇一二、RXE偵察ノ敵機ハRZQニ左ノ報告ヲナス。

敵巡十、駆八、運送船六、小型艦艇五、錨泊中。

（2）敵輸送船一ハ尚《ナオ》モルンガ泊地ニテ揚荷《ヨウカ》中ナリ。九月二十五日一七〇〇、発《ハツ》ガダルカナル通信基地。

＊丈余《じょうよ》……一丈余《いちじょうあま》り。三メートル余り。丈は尺の十倍。

九月二十七日（日）　ラボール

○四〇〇頃、空襲に目が覚める。雲低小雨模様の空。敵の機影を認めずも、南方ラバウル湾口附近に投弾せるものの如《ごと》く爆発音が聞こえる。弟妹達に便りを出す。又金百円及び家の方へ五拾《ごじゅう》円、佐原《さわら》へ参拾《さんじゅう》円の送金を為《な》す。日大医学部斯波《しば》先生にもお便りを出しておいた。午前、総員体重秤量《ひょうりょう》を行なう。午後、上陸。八十警備隊に中《なか》少尉を訪ね、ラボール市街を散歩す。いつも感心するのだが、ラボール市街の道路の整然たるに、また並木の美しいのには。

（1）○九四〇／二六、敵B-17八機RXEニ来襲。我水偵《ワガスイテイ》四、観測機八ヲ以《モッ》テ之《コレ》ニ応戦《オウセン》。一機確実ニ撃墜。他ニ損傷ヲ与エ撃退。我ニ被害ナシ。

（2）睦月《ムツキ》、伊潜《イセン》一二三、ロ三三、行方不明者名簿至急作戦報告アリタシ。（発《ハツ》海軍省人事局）

（3）諸般ノ状況ヲ判断スルニ、敵ハ我《ワレ》ニ何《イズ》レカ作戦ヲ計画《ケイカク》中ノモノノ如《ゴト》シ。至厳《シゲン》ナル警戒防備ニ万全《バンゼン》ヲ期《キ》セ。発《ハツ》Bg長官。

（4）ガダルカナルニテ敵兵八ヲ捕虜トセリ。捕虜ノ言ニヨルト

(イ)サントエスピート島東南端ニ巾二〇〇m、長二〇〇〇mノ飛行場アリ。我此《ワレコ》ノ地ヨリ飛ベリト。

(ロ)同飛行場ハ現在工事中ナリ。現在B-17一〇、グラマン八、BYQ型四アリ。カツ飛行兵ハ主三六、副三六居《オ》レリト。

(ハ)工事完成後ハB-17百機位置《クライオ》ケルモノナリト。而《シカ》シテ現在同基地ニハ陸兵八〇〇〇、海兵七〇〇〇、計一五〇〇〇居《オ》レリト。私ハ去月布哇出発《キヨゲツハワイシユツパツ》、来《キタ》リタル。

宛《アテ》五特根渡辺軍医長「七、八月分戦事医事月報ノ件」

*水偵《すいてい》……水上偵察機のこと。艦船より発進し、艦砲射撃の着弾の観測の任務で開発された。高度の要求を満たした空戦性能は優秀であった。観測任務のほか、対潜哨戒や急降下爆撃まで万能ぶりを示した。ラバウルでの防空は目覚ましいものがあった。

*伊潜《いせん》……潜水艦の艦名は「伊《い》〇〇号」「呂《ろ》〇〇号」「波《は》〇〇号」と付けられており、「伊」は一等潜水艦、「呂」「波」は二等潜水艦である。

九月二十八日(月)ラボール

昨夜の月は電燈《でんとう》でも燈《つ》けた様《よう》に恍々《こうこう》として明るかったが、敵機は来なかった。〇七〇〇、出港して清水《せいすい》、雑用水補給(和洋丸)、生糧品《せいりようひん》搭載す。〇九〇〇頃、鳥海《ちようかい》の豪《ごう》

第１艦隊旗艦の重巡・鳥海

砲一発《ほういっぱつ》轟《とどろ》き渡る。敵機の空襲なり。成程《なるほど》、北西より高度七〇〇〇位の敵B−17一、悠々《ゆうゆう》我等《われら》が真上を飛ぶ。味方の防空砲火が大空に弾幕《だんまく》をつくる。されど弾丸は届かず。偵察にのみ来たらしい。直《ただ》ちに味方戦闘機群、矢の如《ごと》く舞い上る。されば敵機は見えぬ程高度を挙《あ》げる。

八根司令部よりRR防備部隊に即時待機の命《めい》下る。何事ならんと思えば次の電報で分《わか》った。

（1）二十八日〇七三〇、ワトモ島（カビエン方面）島頂三一五度C、二四浬《カイリ》ニ於《オイ》テ能登呂《ノトロ》（第三十号駆潜艇護衛）、敵潜水艦ヨリ雷撃ヲ受ケタルモ被害ナシ。

（2）十五駆逐隊（陽炎欠《カゲロウケツ》）野分、巻雲、舞風、秋雲ハ速《スミヤ》カニRXEニ進出セヨ。

何か月振りかで大根を食べる。矢張《やは》り新鮮な野菜類が這入《はい》ると食慾《しょくよく》が出る。

＊弾幕《だんまく》……多数の弾丸を一斉に発射し、弾丸の幕を張ったようにすること。

九月二十九日（火）　ラボール

敵の空襲がないとは珍らしい。しかし今朝、ラボール港外に敵潜水艦現われ、直《ただ》ちにRR防衛部隊は対潜掃蕩《たいせんそうとう》に出掛けた。在港各艦船には八根司令官より「敵潜水艦湾内侵入ノ虞《オソレ》アリ。各艦船警戒ヲ厳《ゲン》ニセヨ」の命下《めいくだ》る。仲々敵もやりよるは。

一一〇〇、病院船高砂丸出港す。

一日中雲低く、午後《ごご》より雷の交響楽と共に猛雨来《きた》る。

九月三十日（水）　ラボール

今日早朝、又もや敵潜水艦一RR湾南岬沖に現わる。昨日の奴か？　大胆不敵《だいたんふてき》な奴だ。RR防備部隊の各艇は総出動で之《これ》が対潜掃蕩《たいせんそうとう》に向かう。〇六三〇、出港。能登呂に重油補給に行く。

午後散髪に一寸《ちよつと》上陸せり。九月も今日で終わりである。平々凡々なる一日が暮れて了《しも》うた。文藝春秋《ぶんげいしゆんじゆう》八月号の随筆の中に下村海南氏（貴族院議員、法博）が南方方面の癩《らい》に就《つい》て一寸《ちよつと》書いてあるのを読んだが、我々医者として啓蒙《けいもう》する処《ところ》あり。

＊癩《らい》……らい病。ハンセン病。

十月一日（木）　ラボール

暑さ烈《はげ》し。午後上陸。八十一警備隊上川《かみかわ》中尉、中少尉、二空《にくう》清水《しみず》中尉等と共に、支那《しな》人街《じんがい》、南貿売店前のフルーツパーラーで清水中尉に御馳走《ごちそう》になった。軍票《ぐんぴょう》でないと物が買えないのである。砂糖が這入《はい》らぬがお旨《い》しいコーヒーであった。四人で日本人墓地へ到《いた》る。ニューギニア方面で日本人の意気を見せた小峯翁《こみねおきな》の墓は立派に出来ている。

〇四三〇、潜水艦伊一号出港す。艦上に大発《だいはつ》を載せている。あのまゝで潜航するらしい。本艇の前を静かにすべって行く。潜水艦乗員は全部甲板に上って帽子を振る。どこの作戦に向かうか知らず。何か胸迫るものあり。私も帽を振って彼等の武運長久を祈る。

八十一警備隊看護長より立派な鳥籠《とりかご》を貰《もら》う。

＊軍票《ぐんぴょう》……「軍用手票」の略。主として戦地・占領地で、軍が通貨に代えて発行する手形。軍用手形。

十月二日（金）ラボール

〇三四五頃、「空襲です」と兵が寝室に起こしに来た。また来やがったかとねぼけ眼《まなこ》をこすっていると、異様な地響音《じひびきおん》。身の動揺を感じた。これはいかん、船の近くに落とされたなと甲板に出る。湾内は未《いま》だ夜のとばりから抜けきれず。東の山の蔭はかすかに白み始めた。

上空は何処《どこ》か分からぬが蚊《か》の鳴く如《ごと》く敵機。高度低い様だ。飛行場方面では高射砲を打つ音と光が見える。湾内の船も一、二機銃を打つ。皆目《かいもく》分からぬ、夜明け前、不気味な静けさ。飛行機の位置が分らなくてはどこに落とされるか分からぬ、と思うた瞬間、当方《とうほう》五百米《メートル》の船附近に落とされた。ズシーン〳〵と五発《はっ》位火柱が立つ。直撃弾はなかった様だ。されどその後、ほの暗い中に白煙が幽霊の様にぼーと見える。被害がなければよいがなあと思うていると、今度は（五分位間があったろうか）東北の方から又も敵機。かすかにすかし眼に敵機が見える。目標が分かった在泊各船は一斉に銃火を浴びせる。豆をいる様な音、弾丸が一つの小さい火の玉となって飛び上る様は花火より綺麗《きれい》だ。あそこだ〳〵と指示していたと思うや、目前二〇〇米《メートル》の陸地辺《あた》りポンポン船の集合地点に落ちる。ドドーン、破片が私の足下に飛んでくる。船がぐらつく。体は何か当《あた》った様な感じがした。思わず私は身を引いた。その時の心境。私は一寸《ちよつと》これには書き表わせぬ。ふと私は「これあ遺書を書いて置かなくてはまずいぞ」と思うた。その中《うち》に次第に夜の帳《とばり》は明けて明るくなる。ポンポン船附近に被害者があったらしく大声で叫ぶ声が聞こえる。内火艇が右往左往している。

今朝程驚かされた事はない。しかしこの位で胆《きも》を抜いては戦《いくさ》は出来ぬと、自分の気持を落着けていた。よく目が覚めたわい。

樋口一水が今朝の弾片を持って来た。長さ四寸位。あんなのに当《あた》ったら一巻の終わりだ。人の話によると天龍、宗谷に戦死十五名あったそうだ。敵がもう一秒遅れて投弾したら私もその戦死者の一人であったかも知れぬ。

○九〇〇頃、生意気な敵とばかりに味方の中攻、零戦が三機編隊も鮮《あざや》かに敵地に攻撃に向かう。今朝の仇《かたき》を取ってくれる様。

昨日貰うた鳥籠《とりかご》を綺麗《きれい》にしてエナメルを塗《ぬ》ったら、立派に鳥籠《とりかご》らしくなった。平凡な一日も運命の一日か？　兎《と》に角《かく》忘れられぬ一日。それは十月二日なり。

　たった一秒が生命の境

十月三日（土）　ラボール

一日良い天気だった。それ故《ゆえ》午前午後と二回敵空襲がある。何《いず》れも唯《ただ》一機で、偵察らしい。あまり高度が高いので姿が見えず。昨日の怨《うら》み一挙に晴らさんと我が防空砲火は猛然を極めた。爆弾を持って来たが落とせなかったのかも知れぬ。我《わ》が航空部隊も約四十機、敵地に獲物《えもの》を求めて出発《しゅつぱつ》した。しばらく空襲がなかったので敵も矢つぎ早に毎日来る。

暑くて昼寝《ひるね》も出来ず。南洋呆《ぼ》けで二十四時間を浪費した。

　君《きみ》の為《た》め　すててかひある　ものにあらば
　　何惜《なにお》しむべき　賤《しず》が命《いのち》も

十月四日（日）　ラボール

　またもや空襲警報。丁度〇七〇〇、軍艦旗揚《あ》げ方《かた》が始まらんと総員短艇甲板《そういんたんていかんぱん》に整列中、敵ボーイング一西北より飛来。高度八―九〇〇〇。湾口上空に向うて来る。これを見つけた我が在港艦艇は好餌御参《こうじごさん》なれとばかりに防空砲火が矢つぎ早に上空に炸裂《さくれつ》する。弾幕は蜂の巣の如《ごと》く上空に描《えが》かる。近くの掃海艇から打出す高角砲の音はズシーンと本艇まで響き渡って私の身体がゆれる。我が戦闘機がぐん〳〵舞上がる。少しは当《あた》ったのか、敵機は白煙を糸を引く。我が砲火の熾烈《しれつ》に参《まい》ってか、どんどん〳〵高度を揚《あ》げて雲間に逃げ去った。

　今日は日曜で休業。

　明日一六三〇、カビエンに向け出発の予定。ついでに運送船新夕張丸《ゆうばりまる》、鮮海丸《せんかいまる》を護衛するので両船長が打合わせのため来艇せり。

　　闔國《こうこく》の人は闔國の為に死し、闔藩《こうはん》の人は闔藩の為に死し
　　臣《しん》は君《きみ》の為に死し、子は父の為に死するの志確乎《かっこ》たらば
　　何《な》んぞ諸蠻《しょばん》を畏《おそれ》んや　　　　　　　　　　吉田松陰

＊闔國《こうこく》・闔藩《こうはん》……国じゅう。

＊確乎《かっこ》……確かなさま。
＊蠻《ばん》（蛮）……いやしいさま。（この場合は敵を指す）

十月五日（月）　ラボール　出港

敵飛行機の日参に今朝も〇三二〇頃、空襲警報に眼が覚める。甲板に出るも敵影を認めず。また一休《ひとやす》みと床《とこ》に這入《はい》って寝着いたなと思う頃、ドーン〳〵と砲音が寝室に響く。愈々《いよいよ》来たなと外に出て見れば、何と敵B－17六機が二機の戦闘機に守られながら編隊をくんで湾上空に来る。我が防空防火は熾烈《しれつ》なり。為に敵は投弾もせず南に逃げる。と、十分位して今度は一機南方から西の方に向かう。高度高くして味方の弾丸は届かず。毎日〳〵敵機の襲来のため、在港各艦船は大抵《たいてい》避退して船が少なくなった様だ。それでも大小三十杯は居るだろう。一六三〇、新夕張丸、鮮海丸を護衛。夕陽に映《は》ゆるラボールを後に一路北上、カビエンに向かう。波静かに星冴《さ》ゆ。山門春子氏より航空便葉書にて初の便りあり。

十月六日（火）　航海中

ニューアイルランド東北端、カビエン飛行場附近にて夜が明ける。と、朝食の頃、飛行場上空で高射砲の音と共に弾幕が見える。空襲らしい。されど敵機影見えず。そのまゝカビエン水道を抜けて一路北上。二〇〇〇まで護衛を続け、我は引返す。

鮮海丸船長より「艇長始メ各員ノ御配慮ヲ深謝シ、併《アワ》セテ武運長久《ブウンチヨウキユウ》ヲ祈ル」なる電報入る。うねり高くも比較的静かな航海だった。

十月七日（水）　カビエン

○七○○、カビエン入港。静かな美しい港。泊地の方には第二図南丸《となんまる》が巨体を浮かべている。鳥海、天龍、日進の精鋭も在湾中なり。陸上の建物も仲々綺麗《きれい》に出来ている。土人達のカヌーも仲々、ラボールやブカ附近のとは異なって上品に出来ている。帆《ほ》を張ってヨット張りにスー〳〵と操っている土人も居《い》る。何となく新味美を与える港だ。

陸地近くにマッコー鯨《くじら》がスクリューに引かゝって死んだのがあるというので、兵と共にカッターで見に行く。生まれて初めて鯨なるものを見たが大きいのには驚いた。あれで子供の方だというが、長サ二間《にけん》半位ある。内臓の大きいこと。肋骨《ろっこつ》は人間の足位だ。附近に鱶《ふか》が一匹《いっぴき》遊んでいる。南洋の海はこれだからうか〳〵泳ぎも出来ぬ。

本日左の電報入る。油断大敵、警戒すべし

発《ハッ》八根司令官、宛《アテ》ラボール陸上海上総《ソウ》部隊。数日来《スウジツライ》ノ敵空襲ノ頻々《ヒンピン》ト活発《カッパツ》ナルヲ見テ、敵ハ雷撃機或《アルイ》ハ潜水艦ヲ以《モッ》テ「ラボール」港奇襲ノ算大《サンダイ》ナリ。各位警戒ヲ厳《ゲン》ニセヨ。

＊図南《となん》……第二図南丸《となんまる》の「図南」の意味説明。

荘子《そうし》『逍遥遊《しょうようゆう》』より。想像上の巨鳥、鵬《おおとり》が遥《はる》か南方に向かって飛び立とうとする意から、南に発展しようとすること。大事業を計画すること。
＊二間半……約四・五メートル

十月八日（木）　カビエン
静かに夜は明け静かに一日は過ぎた。

一日中つまらぬ小説などを読んでは戦陣における貴重な時を浪費する。申し訳ない様な気がするが致し方なし。

一三〇〇、チフス属予防注射を総員《そういん》に施行《しこう》す。

一五〇〇頃、土人達が物売りに来たので甲板にあげて踊《おど》りをやらせた。仲々上手である。歌を歌うては踊る。その真剣《しんけん》な顔。単調な踊りではあるが何か彼等《かれら》土人達の生活を知るものがある。仲々ひょうきんな奴で皆を笑わせる。拍手喝采《かっさい》、艇長始め総員《そういん》なごやかな一風景を描《えが》いた。

七日一二〇〇、ラボール―カビエン間で陸軍輸送船波上丸、敵潜水艦の攻撃により沈没せり。掃二十号、駆潜三十、三十一、対潜掃蕩《たいせんそうとう》に行くも、敵はさっさと逃げたらしい。誠に敵潜水艦の動きは活発《かっぱつ》だ。我が潜水艦は何をしているか。

十月九日（金）　カビエン

昨日の予防注射が効いて全身倦怠感甚《けんたいかんはなは》だしい。兵達もぼんやりした顔付きだ。沛然《はいぜん》たるスコールが二、三日来る。

零戦《れいせん》の猛訓練が頭上で行なわれている。三機が全《まっ》く三ツ巴《どもえ》になってからみ合う猛演習。航空兵の強さには驚嘆《きょうたん》の外《ほか》はない。戦地に於《お》てもこの訓練。矢張《やは》り日本人は強いのだ。偉いのだ。

〇六三〇、突然北方の空に照明弾が見える。爆音聞こえず。十分後《ご》今度は西方に又二つの照明弾。爆音も耳に這入《はい》らぬ。無気味だ。結局味方水偵機という事が見張員から報告されて一安堵《あんど》せり。

戦給品の酒が夕食時出された。内地では一寸《ちょっと》手に這入らぬ酒を戦地で飲むのでは沁々《しみじみ》酒の旨味《うまみ》と快味《かいみ》が分かる。

日本の優秀船ブラジル丸も撃沈された話だと艇長が言う。

賤《しず》が身《み》の　聖《きよ》きいくさに　召《め》されては
入ぬる学び舎《や》　師をぞ偲《しの》ばる

十月十日（土）　カビエン

〇六〇〇、出港。カビエン水道より南に出て哨戒《しょうかい》作業に従事す。航海していても風は吹かず、暑さは身に沁《し》む。暑いためであろう、遠方に龍巻《たつまき》が一条《いちじょう》見える。

一七〇〇、反転して水道附近に仮泊《かはく》。附近に碇泊《ていはく》中の八艦隊旗艦鳥海《ちょうかい》は探照燈《たんしょうとう》を照らして盛《さか》んに対空《たいくう》演習。それに呼応《こおう》して鳥海搭載機が暗黒の空を飛び廻っては照明弾を投下している。暑い夜、珍らしくも蛍《ほたる》が二、三匹飛んでいる。「いか」の群がピカ〳〵と光を発《はっ》しながら潮《しお》に流れ行く。綺麗《きれい》な海だ。

巡検《じゅんけん》が終わって後甲板で涼《すず》んでいると、次の如《ごと》い電報が来た。思わず「逆にやったな」と私は心の中で独《ひと》り思うた。

(1)八日一八〇〇、敵四発《パッ》水艇三、約一時間半ニ渉《ワタ》リ、九日〇一〇〇ヨリ〇三一五マデ敵大型B－17約十機、RR市内ニ対《タイ》シ執拗《シツヨウ》ナル空襲ヲ行ナエリ。我レ照明燈《タンシヨウトウ》照射、防空砲火ヲ浴《アビ》セ之《コレ》ヲ撃退セリ。

海軍側被害

(イ)八通一時送信不能(九日午後復旧)。

(ロ)重油、軽油、潤滑油約二〇〇〇罐《カン》焼失(九日午後鎮火《チンカ》)。第三桟橋軍需部《サンバシグンジュブ》。

(ハ)戦死傷者約百二十(内戦死六十名)。

陸軍側

(イ)宿舎数ヶ所焼失、数十ヶ所倒壊。

発《ハッ》八根司令官

（ロ）死傷者約百名（内戦死四十名）。

（2）八日二一三〇、敵大型機数機、RXC（ブカ）ニ来襲、飛行場附近ニ約六十個投弾セルモ我ニ被害ナシ。

（3）九日〇四五〇ヨリ〇七一五頃迄《マデ》、敵大型機、戦闘機等計二十一機RZM（ラエ）ニ来襲、我之《ワレコレ》ニ猛射ヲ浴《ア》ビセ一機撃退。我《ワ》ガ被害小。

（4）今朝特務艦、特務船、各鎮守府《チンジュフ》、警備府《ケイビフ》所轄《ショカツ》ノ各湾口通過ノ際ハ各警備隊、防衛隊ニ予《アラカジ》メ通知スルコトトス。（発聯合《ハツレンゴウ》艦隊司令長官　宛《アテ》各特務艦船）

ソロモン海戦以来、R方面に対《たい》する敵の蠢動《しゅんどう》の様子を見て何事かあらんと思うていたら終《つい》に来た。我が軍も盛《さかん》に敵地爆撃に行くのであろうが、敵も仲々侮《あなど》り難《がた》し。ソロモン海戦来の我が方の被害も相当なものだ。これら名誉の英霊《えいれい》の為、緊褌一番《きんこんいちばん》、敵機滅《めつ》すべきである。

*鎮守府《ちんじゅふ》……国を外敵から護り安定させるの意。海軍の大きな陸上基地の事で、横須賀、呉、佐世保、舞鶴の四ヶ所あった。現在の自衛隊では地方総督部がこれに当たる。

*緊褌一番《きんこんいちばん》……褌《ふんどし》をかたく締《し》め、心を引き締めて事にあたる事。

*蠢動《しゅんどう》……虫などがうごめくこと。つまらない者、力のない者が騒ぎ動くこと。

十月十一日（日）　カビエン

○八〇〇、出港。転錨地《てんびょうち》に向かうや次の電報が来《きた》り。「アッ」とばかりに驚いてしもうた。
(1)十日一一二五頃、敵潜水艦ノ為、第二図《ト》南丸《ナンマル》雷撃《ライゲキ》ヲ受ケ沈没、天龍丸《テンリユウマル》損傷ス。初鷹《ハツタカ》、長浦《ナガウラ》補給船ハ之《コレ》ガ救助ニRO(カビエン)ニ向カウ。(発八《ハッ》根司令官)
(2)二十一航戦、第二文丸《フミマル》ハROへ対潜掃蕩《タイセンソウトウ》ニ従事セヨ。(十一日〇六〇〇発八根司令官)

杉浦軍医のスケッチ、第二図南丸の最後

嗚呼《ああ》、何という悲報なるか。昨朝《さくちょう》まで本艇はこの第二図《と》南丸《なんまる》のすぐ脇に居《い》たではないか。日本が誇る優秀船がその巨体を浮かべて軍需《ぐんじゅ》品を下《お》ろしていた勇姿がやられたとは。天龍丸も昨日まで桟橋に横付けて何の様子もなかったのに。

昨日の運命も今日は分らぬのは浮世《うきよ》の習いではある。まして戦争中だ、と思うてもそれが信じられない気がしてならない。早速《さっそく》現場に馳《は》せつけて見る。あの巨体は見るも無残に約七分通り海水下に沈んでいる。海底につかえているのだろう。船首をぐっと上げてあの大きな二本の煙突がさびしそうに上1/3を出している。天龍丸も艦橋《かんきょう》の下に大きな穴をあけられて相当水が入ったのだろう、重そうに横たえているが沈没はまぬかれたのだ。天龍丸船長の話によると、昨日一一二五頃、敵潜水艦、北方より最大距離位から四本魚雷《ぎょらい》発射、天龍丸は図南《となん》丸に横着《づ》け荷役中、天龍丸に一発《いっぱつ》命中。図南丸に一発命中。敵潜水艦の姿も見えたそうだ。奴等《やつら》は二度と得難《えがた》き獲物《えもの》を射《い》とめて浮上しては沈没の様子を見たのだろう。今頃奴等《やつら》はこの凱歌《がいか》に飲めや唄《うた》えやで喜んでいるに違いない。

思えば癪《しゃく》にさわる。仇《かたき》を討《う》ってやるぞと本艇は早速対潜掃蕩《たいせんそうとう》に出かけた。運が良いのか悪いのか、何故《なにゆえ》本艇は南口に出て哨戒作業をやったのか。北口に出ていたら図南《となん》丸をあんなにすることもなかったのに。一一三〇、上空にあった我飛行機、敵潜水艦らしきものを見つけたとて爆弾を投ず。二〇〇〇米《メートル》北方で、すわ、一大事とばかり本艇は総員配置で現場に出かけ爆雷攻撃二回投《とう》ず。本艇戦争開始来初めてだそうだ。緊張が数十分間本艇を包んだが潜水艦らしきものは居《い》ない様子だった。然《しか》し何か忘れられぬ一日である。

夕刻、鰹《かつお》が二匹つれる。緊張の裡《うち》に又愉快さがある。日没迫る夕映《ば》えの頃、暗雲低く猛烈なスコールと雷鳴が襲来。南方より今日敵攻撃に出た我《わが》中攻が十四機悠々《ゆうゆう》帰還してスコールの中を飛行場に降りて行く。哨戒《しょうかい》作業は休まず続けらる。

＊対潜掃蕩《たいせんそうとう》……対潜水艦掃討のこと。潜水艦を残らず払い除くこと。

十月十二日（月）　カビエン

　昨日の緊張した空気に比べて今日は何と静かなのだろう。風は全く無風というても可。蒸し暑い。波は全然立たず、大きなうねりが船を動かす。今日、南洋特有の海模様だ。鰹《かつお》の群がちょい〳〵見られる。今日もまた鰹一匹、鰍《いなだ》二匹の獲物《えもの》があって食膳に供《きよう》せられる。然《しか》し南洋の魚は脂肪が少なくて不味《まず》い。今日の電報を見ると、昨日のＲＸＩ方面への我が航空隊攻撃は大した戦果がなかった様だ。何故《なぜ》なら敵は我が攻撃を察知した如《ごと》く、敵飛行場の飛行機群は我が攻撃隊が向かう頃、大挙《たいきよ》して南西方面何《いず》れかへ逃げてしまった。

ポートモレスビー上空の一式陸攻

　きっと、途中ブーゲンビル辺《あたり》の残存敵兵が諜報《ちようほう》したのだろう。

　又、ＲＸＩ方面に特設水上機母艦を有する巡、駆の水上艦隊を発見《はっけん》、我が六戦隊は之《これ》に攻撃。戦果は未発表《みはつぴよう》だが、我が「古鷹《ふるたか》」は航行不能に陥《おちい》ったと。蓋《けだ》し、こゝ二、三日の敵の総逆襲は仲々敵ながら天晴《あっぱ》れ、相当の戦果を挙《あ》げている。我が方も何とかかせねばなるまい。

一七〇〇、一時疲れを休めるため仮泊《かはく》。明朝〇四三〇、出港の予定なりと。月がまた出始めた。大きな月が東の雲間から顔をのぞかせる。「いか」の群が蛍火《ほたるび》の様にピカ〳〵光りながら泳いでいる。綺麗《きれい》だ。

十月十三日（火）　カビエン

〇三四五、総員起こしの喇叭《らっぱ》が響く。〇四三〇、出港。対潜掃蕩《たいせんそうとう》に従事す。雲低く風浪あり。

〇七〇〇頃、カビエン飛行場を勇躍《ゆうやく》立った海軍最新鋭機一式陸攻《いちしきりくこう》十五機、海面すれ〳〵に飛びながら編隊を組む。飛行機が飛行機だけに胸がすっとする。一路西南に向かう。今日こそ戦果を挙《あ》げてくる様に。救難船長浦は第二図南丸に横着《づ》け、盛《さかん》に修理に努めている様だが、「第二図南丸《トナンマル》ハ漸次《ゼンジ》海水侵入シ傾斜大トナリ、搭載重油投棄ノ止ムナキニ到《イタ》ル」の電報に急《きゅう》遽《きょ》RRより「鳴戸《なると》」が五十六駆潜隊三番艦、第三利丸に護《まも》られて第二図南丸の重油転載に来た。一四〇〇頃だった。この鳴戸が途中潜水艦に逢《お》うた由《よし》。敵潜水艦の当方面活躍は実に目覚ましく、今日も北緯三、四度附近に出没する情報が這入《はい》る。

一三三〇、哨戒作業打合わせのため投錨《とうびょう》。若鷹《わかたか》艦長と打合わす。鳴戸が図南丸に横着《づ》け作業中、本艇はこれが警戒に当たる事となる。

一五〇〇、転錨《てんびょう》。図《と》南丸《なんまる》近くに投錨す。一六〇〇、今朝の中攻《ちゅうこう》が全機無事帰って来た。

＊一式陸攻《いちしきりくこう》……一式陸上攻撃機の略。「九六陸攻」が日中戦争で大成功を収めたことにより、陸上攻撃機の有用性を認めて、その活躍中から後継機として開発。双発機では生産数が最も多い。操縦性が優れ、空中安定性も高かった。そのスタイルから「葉巻」と言われて親しまれたが、弾丸一発で発火する弱さも持ち「ライター」の仇名《あだな》も付けられた。
　昭和十八年四月十八日、山本五十六《やまもといそろく》聯合艦隊《れんごうかんたい》司令長官（大将）がブーゲンビル島上空で米機の攻撃により散ったが、その時の搭乗機が、この一式陸上攻撃機であった。乗員七名。全長一九・七メートル、全幅二四・八九メートル。最大時速四二八キロ。八〇〇キロ爆弾一。

十月十四日（水）　カビエン
特務艦「鶴見《つるみ》」が入港。図《と》南《なん》丸の重油を受けに来る。しかし図南丸は一向《いっこう》に浮上がりそうもない。一五三〇、出港。対潜掃蕩《たいせんそうとう》に出掛けた。今朝も中攻《ちゅうこう》が十四機出掛けた。又もジャウール島南方に敵潜艦現わるとの報に三十一駆潜《くせん》が急遽制圧《きゅうきょせいあつ》に行く。重油が浮かぶ臭《くさ》い海面を艇は走り廻る。

十月十五日（木）　カビエン
風も無く頭が変になる程暑い。敵潜の出没甚《はなは》だしく、北緯三度から南緯五度辺《あたり》にかけ東経一四一度C—一五一度C間に相当出没している情報が入る。

一、ジャウール島、ニューハノバー島南西海面ニ敵潜活躍中ナリ、極力之《コレ》ヲ殲滅《センメツ》セヨ。

（発《ハッ》八根司令官　宛《アテ》ＲＯ防備部隊）

二、第二図南丸ノ被害ハ予想外甚《ハナハ》ダシク、「鳴戸」「鶴見」ヲシテノ重油移載《イサイ》スルモ遅々《チチ》トシテ進マズ、却《カエ》ッテ顛覆《テンプク》ノ虞《オソレ》アリ。有力ナル救難部隊ノ派遣ヲ得《エ》タシ。（発初鷹《ハッタカ》艦長、

宛八根司令官）

一三〇〇、入港。初鷹と交代す。

右外聴道炎を起こし頭痛倦怠甚《はなは》だしく、それに蒸《む》し暑さに憂鬱《ゆううつ》の日なり。

十月十六日（金）　カビエン

右外聴道炎の疼痛《とうつう》昨日と変わらず劇《はげ》しく悶々《もんもん》の一日なり。食思《しょくし》不振。

今日は一一三〇、出港予定の処《ところ》、〇七〇〇、突如《とつじょ》初鷹艦長より出港命令を受け哨戒作業に任ず。

本日は秋の靖国神社《やすくにじんじゃ》臨時大祭とて哨戒作業を続けながら、尊《とうと》き先輩の英霊永《えいれいとこしえ》に安かれと遥《はる》かに祈りつ、遥拝式《ようはいしき》を行なう。

＊遥拝《ようはい》……遠く隔《へだ》たった所から拝む事。

十月十七日（土）　カビエン
一二〇〇迄哨戒に従事、駆潜艇と交代す。一三〇〇、鳴戸に横着《づ》け重油、飲料水の補給を行なう。耳病相変わらずを以《もっ》て図南丸横着救難作業中の鶴見軍医長に高診《こうしん》を願わんと訪ねれば、その軍医長は何と三九度の熱を出して病臥《びょうが》中。却《かえ》って見舞して帰る。
新嘗祭遥拝式《しんじょうさいようはいしき》を行なう。（〇八〇〇）
鳴戸に行き、応召《おうしょう》の軍医長に見て頂く。矢張《やは》り「急性外聴道炎」なりと。月冴《さ》え渉《わた》る、月《つき》明《あかり》の夜。思わずふるさとを思う。

　兵思ふ　この身病《や》めるを　如何《いか》にせん
　　　　　何《なん》ぞ苦しみ　痛みも堪《た》えん

十月十八日（日）　ニューハノバー沖　住吉丸乗員救助
昨日はゆっくり寝《やす》めるかと思うて居《い》たら十七日一九〇〇、突如《とつじょ》「カビエン二四〇度C五〇浬《カイリ》ニ貨物船ノ遭難セルアリ。第二文丸《フミマル》ハ直《タダチ》ニ之《コレ》ガ救助及《オヨビ》附近ノ対潜掃蕩《タイセンソウトウ》ニ任ズベシ。異常ナケレバ夕刻帰投スベシ。発初鷹艦長」の命令下《くだ》り直ちに出港、現場に向かう。

十八日〇二〇〇頃、現場附近（ニューハノバー島東南）に到《いた》るも遭難船らしきを認めず。カビエンより飛行機も捜索に上空に来ている。如何《いか》にせるものやと捜索せる中《うち》に〇九〇〇、飛行機より通信を投下、直《ただ》ちにこれを見れば「遭難セシ貨物船ハカビエン一二一度С四四浬《カイリ》ニ沈没シツツアリ。乗員ハ短艇《タンテイ》ニ便乗《ビンジョウ》漂流中ナリ。至急救助セラレタシ」

勇躍現場に急行す。大きな椰子《やし》の葉が流れて来た。遠くから見たら筏《いかだ》に見えて我々の眼を誤魔《ごま》かす。現場に行けば陸軍用船住吉丸《すみよしまる》（約二〇〇〇噸《トン》）は約四〇度も右に傾斜、あれでよく沈まぬと思われる位、大発《だいはつ》が沢山積んである。附近に大発《だいはつ》に陸軍兵二十名、船員二十名程漂流中。彼等《かれら》は我等《われら》を見てほっとした様《よう》だ。しかも十四日一九〇〇頃、敵潜水艦より二本の雷撃を受け、一本前部に命中せるも一人も死者なく、幹部は早速小発《しょうはつ》でラボールに連絡に行き、残員が今日まで頑張っていたのだそうだ。

宇品《うじな》を出て、佐伯《さえき》を十月二日に出てラボールに直行して来た由《よし》。同様の船三隻で全く護衛なしで来たという。無茶も甚《はなは》だしい。しかも誰一人この附近は未《ま》だ敵が居《い》て、日本軍が占領している事を知らぬという。一等運転士は涙を流して声も出さぬばかり。船が沈まぬから皆助かった様なものだ。機関長、一等運転士は船が沈まぬ内は船に執着がある故《ゆえ》、何とかしたいといわれていたが致し方なし。

一四一五頃、大発《だいはつ》を曳航《えいこう》、一先《ひとま》ずカビエンへと引揚《ひきあ》げる。夕映《ゆうばえ》に照らされて船は傾いたま、独《ひと》り残された。船員の心持や如何《いかん》。

二一〇〇、カビエン入港、仮泊す。

十月十九日（月）　カビエン

〇八〇〇、転錨して遭難者をカビエン設営隊に引渡す。

一一〇〇、図南丸近くに転錨。一二〇〇、艇長と共に「初鷹」に行く。初鷹軍医長渡辺典大尉（海輪、高峯大尉等と同期）にお逢《あ》い、耳の治療を受《う》く。同大尉は開戦初頭来《らい》マレー、ピナン方面で活躍。羨《うらやま》しい。マレー方面の話を聞かされた。仲々良い方である。羊羹《ようかん》を御馳《ごち》走《そう》になり種々懇談辞去《じきょ》す。うねり大きく艇は静かに動く。

十月二十日（火）　カビエン

一一三〇、出港。駆潜艇《くせんてい》と交代して哨戒《しょうかい》任務に就《つ》く。

十月二十一日（水）　カビエン

正午、初鷹と交代してゆっくり休養と思うて居《い》た処《ところ》、「初鷹要務ノタメ出港不可能。第二文丸ハ特令アルマデ現任務ヲ遂行《スイコウ》セヨ」の信号来《きた》り。航海は続けらる。一日航海するととても疲れる。一同がっかり。でも致し方なし。否《いや》、致し方なしではない。邦家《ほうか》のためだ！

今日は風強く涼しけれど、うねり高く動揺甚《はなはだ》し。儘《まま》にならぬは浮世ばかりではない。敵潜水艦出没の報頻《しき》り来《きた》る。相当数《そうとうすう》、北緯三度辺《あたり》より南緯五度辺に活躍している模様。しかもこのカビエンとラボール間に最も多し。

（イ）二十一号掃海艇及三十八駆潜艇護衛ノ陸軍運送船五八東経一五〇・三〇、南緯三度一五分附近ニ於《オイ》テ二十一日〇九〇〇、敵潜水艦ノ雷撃ヲ受《ウ》ク。朝光丸ニ二《ニ》発《ハツ》命中、沈没セザルモ航行不能。二十一号掃海艇ハ直《タダ》チニ爆雷攻撃。附近ニ気泡、重油ヲ認メタル以《モッ》テ撃沈確実ト認ム。

＊邦家《ほうか》……国家。自分の国。

十月二十二日（木）　カビエン

（1）RO防衛部隊指揮官ハ麾下《キカ》ノ艦艇ヲシテ朝光丸ヲROニ曳航スベシ。（発《ハツ》八根司令官）

（2）敵潜水艦ハ被害ヲ誤《アヤマ》ラシメルタメ故意《コイ》ニ気泡、重油ヲ出ス事アル模様ナリ。故《ユエ》ニ爆雷攻撃ハ成可《ナルベ》ク多数確実ニ行ナウヲ要ス。（発八根司令官）

（3）二十二日〇八三〇、セントジョージ岬一二九度一六浬《カイリ》ニ於《オイ》テ尾上丸、敵潜水艦ノ魚雷攻撃ヲ受ケ二番艙《ソウ》ニ命中、沈没セザルモ曳航船派遣方《エイコウセンハケンカタ》ヲ乞《コ》ウ。（発《ハツ》二十八駆潜艇　宛《アテ》八根司令官）

斯《か》く毎日の情報を総括《そうかつ》するに、敵潜水艦の活躍はその跳梁《ちょうりょう》に任すが如《ごと》く、味方の被害実に尠《すくな》からず、充分警戒を要す。人の話に依《よ》れば、ガダルカナル方面の作戦も順調に進み、今日は陸からの総《そう》攻撃を行なうとか。成功を祈って止《や》まず。RXI方面の戦況がかたづかねばR方面は全部困る次第。

一二〇〇、初鷹《はつたか》と交代す。満《まん》二日間航海するとぐったりする程疲労を覚《おぼ》ゆ。暑さは骨まで沁《し》みる。この日記を走らせている今も流汗《さんと》三斗、額からボタ〵〵と落ちる。今夜も寝苦しい事だろう。

＊跳梁《ちょうりょう》……悪者などがのさばり、はびこること。勝手気ままに行動すること。

十月二十三日（金）カビエン

晴れ渡った一日は矢張《やは》り暑さが酷《きび》しい。〇七四五、靖国神社例大祭に付、遥拝式《ようはいしき》を行ない休業となる。暑さの烈《はげ》しいためか、それとも二日間航海で、船に揺《ゆ》られたためか身体がとても疲労感を覚《おぼ》ゆ。ゆっくり今日は一日休もう。午前、カビエン軍需部《ぐんじゆぶ》より野菜物が届いた。あの青々としたなす、胡瓜《きゆうり》を見るとほっとすると同時に遠き我が家を思う。珍しい事に「とうもろこし」が沢山ある。今日の三時に煮て喰うたが実《み》が入りすぎて味が少なし。しかし、その味は美味《おい》しいというよりも家の味がした。故郷を偲《しの》ぶに充分であった。

午後半舷上陸あり。陸上通信隊脇広場で行なわれる「土人の踊《おど》り大会《たいかい》」を見物す。土人達数百人、その部落々々によって異なったいで立、踊り、囃子《はやし》、単調な踊りだが傑作《けっさく》なのがある。此処《ここ》の設営隊に来ている八艦隊司令部附藤原中尉（同期生）に逢《あ》う。土人の踊り具を二つばかり頂戴して四時過ぎ帰艇。月恍々《こうこう》と冴《さ》え渡り、秋を思うに充分なり。

十月二十四日（土）　カビエン出港　北上

〇六三〇頃、八根司令官より電報あり。「第二文丸《フミマル》ハ、トラック発《ハツ》南下中ノ陸軍輸送船日紀丸《ニッキマル》ヲRR迄護衛スベシ」により直《ただ》ちに出動、北行す。一六〇〇、該船《がいせん》に合同する予定で予定地点に向かうも夜に至るも船影を認めず。速力七節《ノット》しか出ぬ船故《ゆえ》、途中潜水艦にでもやられたか。遂《つい》に止《や》むなくカビエンに引返す。

十月二十五日（日）　航海中　日紀丸会合《かいごう》

朝、カビエンの島蔭《しまかげ》が目の前に見えた頃、再び日紀丸を捜すべく出港。カビエン水上機も合同に協力の結果、一三〇〇頃、水平線上に岩城の煙り漂々たる日紀丸を発見《はっけん》。我が水偵機《すいていき》は盛《さかん》に嚮導《きょうどう》護衛してくれる。一四〇〇頃、合同護衛南下す。七節《ノット》の速力では遅《おそ》いこと甚《はなは》だし。都合によりカビエンに仮泊《かはく》。明朝五時、RRに向け出発《しゅつぱつ》す。日紀丸は陸軍兵と大発《だいはつ》を積んでいる。

潜水艦情報しきりに入る。相当数活躍している模様なり。しかもそれも内地近海らしい。

日紀丸も已《すで》にトラック辺《あたり》で二本雷撃を受けたそうだが、速力の遅いのが却《かえ》って都合良く当《あた》らずに事なきを得ているらしい。

九州宮崎県沖で我国油槽船の豪華版、日章丸（約二〇〇〇〇噸《トン》）も雷撃二本命中、大損害を受けた旨《むね》電報あり。

＊嚮導《きょうどう》……先に立って案内すること。

十月二十六日（月）航海中

第五壽丸《コトブキマル》（五十六駆潜隊一番艦）ハラボール港北岬六浬《カイリ》哨戒中、敵大型機三機ノ執拗《シツヨウ》ナル爆撃ヲ受ケ、至近弾ニテ船体損傷シ陸岸近ク擱座《カクザ》セルモ遂《ツイ》ニ沈没ス。司令ハ二番艦ニ移レリ。戦死一、戦傷三ナリ。二十五日。

敵はこんな小さい（約一〇〇噸《トン》位の）船まで小さきをあなどり攻撃したらしい。

ニューアイルランド島の島づたいに敵潜水艦の眼をくらましつゝ艇は進む。一二〇〇頃、猛烈雷鳴を交《まじ》えた大スコール来る。

真丸い月はあたりくまなく照りつける。

＊擱座《かくざ》……船が浅瀬、暗礁に乗り上げること。座礁。

第四章――戦陣日記(Ⅲ)

昭和十七年十月二十七日～十二月三十一日

十月二十七日（火）　ラボール

○四三〇、無事護衛任務を果たして約二十日振りでラボール港に入る。敵爆弾を避けるためであろう、湾口の陸辺《あた》りに陸軍輸送船その他運送船が大小取りまぜて四十杯位在港中には驚く。これだもの、四杯や五杯の船は敵潜にやられるわけだ。相当ガダルカナル方面に我軍も兵力、兵器を送ったらしい。軍艦らしいものは一隻も見当たらぬ。最新式特型駆逐艦（秋月）が高砂丸（病院船）に横着《づ》け中。湾入口、九日のラボールの空爆の跡が生々しい。味方中攻《ちゅうこう》が撃墜されたが翼をへし折って海中に突入している。陸上の諸所には爆風あるいは直撃弾でやられた処《ところ》が痛々しく眼に映《うつ》る。

久し振りで懐《なつ》かしい待ち憧《こが》れた我が家からの便り（妹及弟より）あり。我が家の健在を知り自ら慰《なぐさ》む。十月分の俸給一五八円余頂く。大枚《たいまい》振って百円の貯金と、百円我家と祖父のもとに送金す。

一一三〇、山口一水《いっすい》を第八海軍病院送院のため上陸。送院手続を終了。八十一警病舎にて上川《かみかわ》中尉、海軍病院にて千坂《ちさか》中尉等に逢《あ》う。市街は到《いた》る処《ところ》、新設防空壕《ごう》で一杯だ。話に依《よ》ると八、九日の夜の空爆は実《じつ》に猛烈で、全く陸上にいる者は生きた心地がなかった由《よし》。軍事郵便所前の防空壕も直撃弾を受け、所長以下十数名死傷せりと。そういえば散髪の帰途、郵便所の前を見ると成程《なるほど》郵便所の一角は爆風で破壊され、街路樹は大きく焼けこげ、道端にあった防空壕《ごう》は影も形もなし。

今日も昼間《ひるま》、敵姿こそ見ねど空襲警報二回あり。ガダルカナル方面でも大分《だいぶ》、運送船、軍艦の沈没、損傷、相当《そうとう》の死傷あった模様なり。最上川丸《もがみがわまる》も雷撃で損傷を受けている。「由良《ゆら》」もやられた由《よし》。しかし昨日とかRXE方面で大戦果を挙《あ》げた模様。第三次ソロモン海戦とでもいうか。今晩あたり久し振りで大戦果、軍艦マーチのニュースが聞ける事だろう。ソロモン沖で戦艦一撃沈、戦艦一大破、航母四撃沈せりと。万歳〳〵。

今日も爆撃に行ったのであろう、中攻十機編隊も鮮《あざや》かに帰る。(一三三〇頃)

今夜あたり空爆があるかも知れぬ。この二、三日夜の空襲がないそうだから。

一九〇〇、緊張してラジオの前に向こうたが特別ニュースがないのでがっかりと思うたら二一〇〇、特別発表《はっぴょう》ある旨《むね》伝うて胸躍《むねおど》らす。しかも第三次ソロモン海戦以来の戦果の発表《はっぴょう》だそうだ。九時になるのが待遠しい。

二一〇〇、取りすがる様にラジオの前に寄りついた。南太平洋海戦（八月二十六日）及第二次ソロモン海戦（即《すなわち》、自八月二十五日　至十月二十五日）の驚異的大戦果の発表、思わず血沸《わ》き肉踊《おど》る。小川海軍報道部長の声《こえ》がとても力強く響く。

大々戦果は次の通り。（今次大東亜戦始まって以来の、否開闢《いなかいびゃく》以来の大戦果ならん）

「大本営十月二十七日午後八時三十分発表《ハッピョウ》

一、帝国艦隊ハ二十六日黎明《レイメイ》ヨリ同夜ニ亘《ワタ》リ「サンタクルーズ」諸島北方洋上デ、敵有力艦隊ト交戦。

敵空母四、戦艦一、艦型不祥一ヲ撃沈。戦艦一、巡艦三、駆逐艦一ヲ中破。飛行機二百以上ヲ撃墜破ス。

我方《ワガホウ》ノ損害、空母二（翔鶴《シヨウカク》、鳳翔《ホウシヨウ》）、巡一（筑摩《チクマ》）中破セルモ戦闘《セントウ》、航海ニ差支《サシツカ》エナシ。

未帰還四十機。（南太平洋海戦）

二、第二次ソロモン海戦以降、南太平洋海戦直前迄《マデ》（八月二十五日―十月二十五日）ニ於《オ》ケルソロモン群島方面ノ帝国海軍部隊ノ戦果左ノ如《ゴト》シ。

（イ）撃沈　米空母一（ワスプ一万四七〇〇噸《トン》）、巡三、潜六、駆五、輸送船六、掃海艇一

（ロ）大破　戦艦一、空母一、巡一、潜一、掃一、輸送船一

（ハ）中破　空母一

(ニ)飛行機　撃墜四百三以上、撃破九十八、其他《ソノタ》B－17十九ニ損害ヲ与フ。
(ホ)我方損害　沈没　巡二(加古《カコ》、古鷹《フルタカ》)、駆二、潜一、輪五
大破　駆一、輸三
中破　巡一、駆二、潜一、輸三
飛行機　自爆二十六、大破三十一、未帰還七十八
右第一次ソロモン海戦以来、戦艦三、空母七、外艦艇四十一、飛行機七百十九以上撃破セリ」

十月二十八日(水)　ラボール
〇七〇〇、上陸。第八海軍病院に到《いた》り、傳法《でんぽう》中尉に面会《めんかい》。山口一水の入院治療の件をお願います。艇は二ヶ月分の食糧品及貯糧品の積込みを午前中かゝって行なう。
一二〇〇、半舷上陸員と共に上陸。その頃空襲警報発《はっ》せらる。山本部隊(二空)に嶋田軍医少尉(同期生)を訪問。軍医学校以来、初の顔合わせ。種々懇談《こんだん》す。
初めてラボール飛行場を見物す。我若鷲《わがわかわし》の精鋭が楽し気《げ》に機翼《きよく》を休む。今日〇八〇〇頃、中攻約二十数機見事な編隊で飛び立ったがどこへ行くのか知らず。我が家に便りを送る。昨夜も二二〇〇頃、空襲警報ある。なれば私は熟睡中で知らず。

十月二十九日（木）　ラボール

給油船金鈴丸より重油補給。更《さら》に興安丸《こうあんまる》より飲料水及雑用水の補給を受く。興安丸横着《づ》け中の合間を利用して、興安丸のバスに這入《はい》る。兵に背中を洗って貰《もろ》うて四ヶ月の垢《あか》を一度に落として貰う。海水場に漬《つか》ったので、あとで体のぐったりと疲れたこと。

発《ハッ》八根、第二文丸《フミマル》ハ明日夕刻、第三湊丸《ミナト》ヲ護衛、ラボール発《ハツ》カビエンニ帰投セヨ。

明日一五〇〇出港と決まる。午後、散歩上陸許可せらる。

一一三〇、艇長、八病に診察に行くため、艇長と共に湾務部の自動車を借りて山の上の第八海軍病院に到《いた》る。内科部長の受診の結果、艇長は右肺炎浸潤《しんじゅん》らしい。レントゲンを撮影す。内科部長（少佐）は仲々内科医らしいタイプで和《おと》なしい方であった。「小型艇は仲々やかましくて、聴診器などでよく聞こえず仲々診断が難しい。出来る限り問診を精細にするが良い。私もよく小艦艇に乗って経験ある故《ゆえ》そうしたらいゝと思う」と結構なる教訓を頂いて恐縮せり。

十月三十日（金）　ラボール　出港

午前、散歩上陸。八十一警、二空《にくう》病舎に夫々《それぞれ》上川中尉、鶴田少尉訪問。南貿に買物す。生糧品、貯糧品等新しいものを沢山積んだので食物の美味《おい》しい事。食欲大《おおい》に進む。

一五〇〇、愈々《いよいよ》ラボール発《はつ》カビエンに向かう。第三湊《みなと》丸という油槽船を護衛す。出港時、猛烈なる大スコール襲来、航行も危険な程。ラボール湾入口にて暫《しばら》く止《とど》む。昨日、今日、空襲一回もなしとはあな珍らしい。

十月三十一日（土）　カビエン

中央高地から見たラバウル港

一二〇〇頃カビエン着。第二図《と》南丸《なんまる》も大部分浮上して桟橋《さんばし》に浮かんでいる。天龍丸《てんりゅうまる》、白鷹《しらたか》、高砂丸《たかさごまる》等在港せり。早速《さつそく》パパイヤが食べられたり。

十一月一日（日）　カビエン

一一三〇、出港予定。日曜日のため休業日課となる。休業というても暑い艇内で唯漠然《ただばくぜん》と手をこまぬいていると余計体がだるい。

　セントジョージ岬沖で又や敵潜水艦現わる。出港予定変更となり、一四〇〇、出港。清澄《きよすみ》丸の護衛に当たる事となった。如何《いか》なる理由か。今次ソロモン海戦の大戦果及南太平洋海戦に関し、聯合《れんごう》艦隊司令長官に賜《たまわ》りたる勅語《ちょくご》は当分《とうぶん》の間発表《はつぴょう》せぬこととなった旨《むね》電報あり。

君《きみ》がため　世の為《た》め何か　惜《お》しからん
すて、甲斐《かい》ある　命なりせば（宗良親王）

十一月二日（月）　カビエン

カビエン水道を南下。先日住吉丸遭難せるニューハノバー島沖に至る。この辺で海軍徴用艦清澄丸を迎えて、これが護衛に当たる事になった。が、しかし清澄丸がこの辺を通過するのは一八〇〇頃とて、それまでその辺《あたり》を哨戒していたが、一八〇〇ではすっかり闇に閉ざされてしまって見えぬ。見えぬまゝに又カビエンに向け引返す。

十一月三日（火）　明治節　カビエン

洗面が済んで後甲板に出たら、已《すで》に例の水道入口に達していた。大きな鯨《くじら》が潮をふきつゝ泳いでいる。今朝、大きな鰹《かつお》が引き釣りで釣れた。早速刺身と変ず。〇七四五、明治の佳節《かせつ》を祝う遥拝式《ようはいしき》を行なう。今頃は内地も一番気候の良いとき、咲き始めた菊が我が家の廻りに香り居《お》る事だろう。南洋に於《お》ては少しも菊月の気分が出ぬわい。珍しくも「お志《し》るこ」で昼《ちゅう》食《しょく》が美味《おい》しい。午後前、甲板で兵員達にすっかり祝酒を飲まされのびてしまった。とても愉快な日である。

二日一五三〇、南緯七度三分、東経一四九度三六分ニ於《オイ》テ敵爆弾ニヨリ、ヤス川丸損傷、長良《ナガラ》丸《マル》之《コレ》ヲ曳船《エイセン》。サレド途中、曳航《エイコウ》航行不能トナリ浸水甚《ハナハ》ダシキタメ撃沈ニ決ス。ヤス川丸乗員一〇〇〇、全名ハ長良《ナガラ》丸《マル》ニ救助ス。発鴻《オオトリ》、鴨《カモ》艦長。

うれ志《し》くも　菊の佳節《かせつ》に　長らへ《え》て
わがはらからに　夢走るかな

＊明治節《めいじせつ》……十一月三日、明治天皇の誕生日。現文化の日。
＊佳節《かせつ》……めでたい日。祝日。賀節。
＊はらから……兄弟、姉妹。同国人。「同胞」と書く。

十一月四日（水）　カビエン

一二〇〇、出港、哨戒作業に就《つ》く。猛風雨到《いた》りシケる。船はまるで踊っている様だ。ひと処《ところ》にじっとなどとてもしては居《お》られぬ。一日中荒れ気味であった。矢張《やは》りシケは苦手《にがて》だ。頭が重く憂鬱《ゆううつ》だ。

十一月五日（木）　カビエン
今日も暗雲低く垂《た》れこめて波高く雨繁《はげ》し。こんなのが続くと一寸《ちよつと》陸上が恋しくなる。一二〇〇、白鷹《しらたか》と交代す。
早速土人のカヌーが船辺《ふなべ》にやって来て、パパイヤ、バナナの押し売りだ。買手も多いので忽《たちま》ち売れる。土人の奴、煙草を五十箱位せしめて意気《いき》揚々《ようよう》と引挙《ひきあ》ぐ。お蔭様でこの私も大のパパイヤ好物になってしまった。

いづこでも　氣《き》はもちようの　たとへにて
ふるさと志《し》のぶ　パパイヤの味

十一月六日（金）　カビエン
今日も一日中烈《はげ》しいスコールが降ったり止んだり。風は強くて相当の荒模様なり。本日の哨戒作業は取止《とりや》めとなる。ほっと胸なでおろす。船に揺《ゆ》られるためか疲労感甚《はなは》だし。

十一月七日（土）　カビエン
白鷹《しらたか》、長浦《ながうら》を護衛してラボールに帰る。従って本艇の鑵《かま》の蒸気管が腐《くさ》って蒸気洩《も》れ、清水《せいすい》がなくなって海水を使用する始末。これでは一寸《ちよつと》出港出来ず。早速八根司令官に電報を発《はっ》して大修理方《かた》を申請せり。

午前十二、設営隊に患者二名依託《いたく》す。帰途大風雨に会《あ》い、帰艇出来ず。カビエンの第八軍需部出張所で雨宿りしていたら、遂《つい》に昼食《ちゅうしょく》も御馳走《ごちそう》になってしまった。雨に濡《ぬ》れて寒くなった処《ところ》へ空腹、とても旨《うま》かったこと。玉蜀黍《とうもろこし》をうでて貰《もら》う。子供時代を思うては夢中で食べてしまった。恥《はずか》しい位だ。南洋に来て焚《た》き火をしたのは初めてだ。

荒気味な天気も夜分に入り大分《だいぶ》静かになる。小魚が無数キラ〳〵と船辺《ふなべ》りに遊ぶ。一九〇〇のニュースは、

我ガ潜水艦八八、九、十ノ三ヶ月間ニ敵潜三十六、敵商船三十四ヲ撃沈セリ。我ガ方、潜水艦二、商船二十二ヲ失エリ。

と大本営の発表《はっぴょう》を行うていた。

たの志《し》みは　神の御國の　民《たみ》として
　神のをしえを　ふかく思《う》ふとき

十一月八日（日）　大詔奉戴日《たいしょうほうたいび》　カビエン

今日は風雨が止んだ。午前、洗濯日課。午後休業。休業ではあるが即時待機で何の変わりもないが、休業となれば気は楽だ。朋友《ほうゆう》諸先輩に便りを書く。土人から熟したパイナップル

と大きなパパイヤを求めた。今日パパイヤの旨《うま》い事珍しい。船の辺《あた》りには一日中何万か知らぬが無数の小魚が遊ぶ。これを求める。鰹《かつお》やすゞきの大魚がこの小魚の群を追う。そして一《いち》丈《じょう》位飛び上がる。まるでボーイングの様《よう》だ。夕方二匹の鴎《かもめ》が上手に急降下で小魚をあさっている。うねり高く、鳥が己《おの》がねぐらに帰って行く。

　たの志《し》みは　太平洋を　乗り越えて
　　米（アメリカ）を刈《か》ったり　喰《く》ふたり

＊大詔奉戴《たいしょうほうたい》……天皇の言葉を慎《つつし》んで戴《いただ》くこと。

十一月九日（月）　カビエン

パイナップルの熟す時季か。しきりに土人達はパインを運ぶ。それも黄桃《きもも》色になって、しかもその香しい香りが鼻をつく。パイナップルだけは鑵詰《かんづめ》が一番美味《おい》しいと思うて居《い》たが、仲々そうではない。木で熟したあの瑞々《みずみず》しい味は一寸《ちょっと》忘れられぬ。

缶壊《かまこわ》れて微速位が出ぬというのに一二〇〇、出港、哨戒《しょうかい》。一六〇〇、帰投す。昨夜二一〇〇、敵空襲あり。陸上飛行場に爆弾十数発《はつ》、照明弾一発落とす。こちらが無抵抗なものだから好《い》い気になって、更《さら》に二二三〇頃、数台の敵機来襲。陸上及《および》本艇上空を二時間位飛び廻った挙苦《あげく》、照明弾三、小型爆弾十発程を本艇附近及桟橋《さんばし》近くに落とす。被害は殆《ほとん》どないらしい。しかしヒューく～という落下する爆弾の音は一寸《ちょっと》気持の良いものではない。

二〇一五頃、短波受信機に依《よ》って重慶《じゅうけい》よりの対日《たいにち》デマ放送を聞いた。澄《す》んだ美しい女の声《こえ》がスピーカーから流れる。流暢《りゅうちょう》な日本語でニューギニア北東部に米軍活躍の報やソロモン、ガダルカナル島で日本軍は五千百八十八名の戦死者を出した等、豪州の敗残《はいざん》の将《しょう》マッカーサの発表《はっぴょう》を放送していた。笑止《しょうし》の限りである。

十一月十日（火）　カビエン

警泊のまま一日が暮れる。艇内に鼠《ねずみ》が頻出《ひんしゅつ》するのでこれが退治やら荷物戸棚の整理やら大騒ぎ。無為徒食《むいとしょく》の一日を送る。

十一月十一日（水）　カビエン

去る七日、十二設営隊に依託せる患者二名軽快《けいかい》の旨《むね》、電報ありたるを以《もっ》て、〇八〇〇、陸上に迎えに行く。民政部出張所より「太陽」なる朝日新聞社発行の南方向け雑誌（写真《しゃしん》週報の如《ごと》きもの）を二部頂戴す。カビエンの陸上は全く花園の様に美しい処《ところ》だ。少しも上陸がないので土を踏むと気持が良い。

一六〇〇、陸上から野菜類を取りに行った兵達が帰って来た。白いナスを籠《かご》一杯、花に見えた。郵便物の袋、「それっ！　郵便物が来たぞ」と兵達が思わず叫ぶ。船の脇では数十匹の鰹《かつお》の群が小魚《こざかな》追うて海水面の上に飛び上がる様、唯《ただ》「あれよ〳〵」と見ているものの壮快な眺めだ。

軍艦旗降《お》ろし方《かた》が終わると郵便物を開けて見た。私の待ちに待った慰問袋《いもんぶくろ》が二個、胸をときめかして受取る。その外《ほか》手紙数本あり。唯々《ただただ》嬉しき限りなり。父から、母より、可愛い、弟達よりやさしい筆の跡。どうしても涙が出る。胸迫る。己《おの》が幸福感がはっきりと分かった。生き甲斐を感得した。写真《しゃしん》はとてもうれしかった。我が家の健在力強きのみ。手紙は貪《むさぼ》る様にして読む。何回も〳〵読みふける。時計は午後十時三十分になった。もう一回と、頑張って読む。叔父、従兄《いとこ》弟達のなめらかな筆の跡は胸を打つ。

父よ母よ、弟妹達よ、兄はこの通り元気、御安心下さい。皆んなの真心こめた慰問袋を今受け取って泣いています。勿論《もちろん》それは嬉し泣き。有難《ありがと》う。杉浦一家万歳！　親戚一同万歳！と心の中で独《ひと》り叫んだ。

蒸し暑く、寝苦しい夜。

湧《わ》き出《い》ずる　わがはらからの　送られし
慰問袋《いもんぶくろ》の　ふるさとの味

発《ハッ》十一ＡＦ参謀《サンボウ》、十一日〇九四五、地点ケラモ二七ニ敵輸送船四、駆四、ソノ後方二〇浬《カイリ》ニ戦艦三、巡一、駆四、針路二八〇度、速力十六節《ノット》。一〇三〇迄《マデ》接触ス。更《サラ》ニ一〇四五、地点ケリラ、針路三四〇度、速力十四節《ノット》ニテ敵大巡一、輸一発見セリ。

発三井少佐（ガダルカナル陸軍）

十一日一四四〇、敵輸送船一、駆逐艦一ルンガ出港、東ニ向カフ。

十一月十二日（木）　カビエン

〇六三〇、出港。一二〇〇まで哨戒《しょうかい》作業に就《つ》く。立風《たちかぜ》、第五日の丸、秋津洲《あきつしま》入港す。一一三〇頃、第三関丸、ＲＲより入港。

一三〇〇、第五日の丸は横着《づ》け、清水《せいすい》補給す。第三関丸池田軍医少尉の訪問を受く。仮泊《かはく》す。

今日、昨日発見《はっけん》せる敵艦隊を攻撃に我《わが》航空隊出撃せる様子なるも、大なる戦果はない様子だ。

十一月十三日（金）　カビエン

南洋らしい天気が久し振りで訪《おとずれ》る。うねりさえない。

〇九〇〇、慰問袋《いもんぶくろ》が来た。本艇ラボール方面に来て初めて、即《すなわ》ち七ヶ月振りで送られた。

兵達が喜ぶこと甚《はなは》だし。然《しか》し一人に一個宛《あて》、割当《わりあ》てにはならぬ。三人に一個か。長野県の某村の銃後奉公会《じゅうごほうこうかい》からと、山梨県の都留《つる》高女一年生からだ。手紙を読んで微笑《ほほえ》む勇士の顔、やはり慰問袋はうれしいと見える。

私はいつも考えているのであるが、学校（国民学校、女学校）で慰問文をまとめて一つ宛《あて》に一緒に送るとはどうかと思う。慰問袋を現地に発送《はっそう》するのは海軍の何処《どこ》で扱うているか知らぬが、こう同じ学校から同学年の生徒から一度に同じ様《よう》な手紙を貰うては折角《せっかく》の可愛《かわい》い彼等《かれら》が心こめて書いた慰問の文が価値《かち》を半減してしまう。

これは現地発送《はっそう》の荷造りの際、各地から来た慰問文を雑多に入れるべきだと思う。そうすれば各地各方面から集っている兵達も必ず自分の出身地からの手紙が見られて懐しいものだろう。十把一《じゅっぱひと》からげで来たのでは悪い様だが見る気がせぬ。

これは送られた人の罪でなくて発送《はっそう》する海軍の某者《ぼうしゃ》の罪だ。日数と貴重な紙を用いて兵達が見ぬ様な慰問文はわざ〳〵送る事はない。唯《ただ》送りさえすれば良いでは悪徳商人と同じで、現地の兵は全《まった》く有難《ありがた》迷惑だ。海軍のその筋《すじ》の猛省《もうせい》を促《うなが》したい。

慰問袋の中にあった釣道具を出して早速使用したが一匹もつれず。昨日も父よりの慰問袋の雑誌は、兵達がとても喜んで「これはい〻、軍医長《ぐんいちょう》貸して下さい」と。兵達が皆どこかへもっていってしまって、結局自分の処《ところ》に読むものは新聞だけとなってしもうた。三ヶ月《みかづき》様がはっきりと大空に浮かぶ。

月夜で明るく静かな夜だ。
就寝前、父と母よりの便りを読む。「富士山頂で、杉浦軍医少尉万歳《ばんざい》を叫ぶ」と。「世界のどんなはてに行っても、今までの父の苦労《くろう》を忘れるな」と、思わず涙がにじむ。

十一月十四日（土）　カビエン

井上康平教授、野村の叔父《おじ》、小早志《こばやし》、浦野等へ慰問袋の礼状及近況を便《たよ》りす。第三関丸、本艇近く投錨。仲良く仮泊す。

（1）長良《ナガラ》及駆逐隊《クチクタイ》ハ十三日〇四〇〇、当面《トウメン》ノ敵艦隊ヲ攻撃。次ノ戦果ヲ得。

長良　防空巡洋艦（カイロ型）一、駆逐艦一　撃沈
雪風《ユキカゼ》　防巡　一、駆　一　大破（撃沈確実）
電《イナズマ》　大巡　一　轟沈《ゴウチン》
雷《イカズチ》　防巡　一　撃沈
夕立《ユウダチ》　巡　一　撃沈

被害　比叡《ヒエイ》　艦橋《カンキヨウ》火災　夕立　航行不能　村雨《ムラサメ》　小破
長良　通信不能　暁風、天津風《アマツカゼ》　消息不明　発十一戦隊司令官

（2）発十一戦隊司令官　比良　機械室浸水甚《ハナハ》ダシク駆逐艦ニヨル曳航《エイコウ》不可能。

（3）発三井少佐　ルンガ泊敵艦隊ハ航行不能。大巡二、哨戒艇二ノ外《ホカ》敵影ヲ認メズ。

（4）発GF長官　　其後《ソノゴ》ノ状況スコールノ為見エズ。
基地航空隊ハ十四日、二式飛行艇ヲ以《モッ》テ十三日同様索敵《サクテキ》セヨ。
（5）発三井少佐　　ポートランド型一、航行不能ナリシニ敵ハ曳航開始、東ニ向カフ。
速力二節《ノット》。
（6）発前進部隊指揮官　　神国丸、旭東丸、白栄丸ハ南緯四度〇分、東経一五八度三〇分ニ進出セヨ。
（7）発GF長官　　比良処分スルナ。
又々この戦果、痛快ならずや。敵があせればあせるほど我《わが》海軍の好餌《こうじ》、愉快〳〵。今日か明日、きっと軍艦マーチがきけるだろう。

〇八四五、陸上で異様な音がする。高角砲を射《しゃ》しているらしい。戦闘機が二、三機ぐん〳〵上昇する。敵機襲来だ。成程《なるほど》、本艇の西上空、敵大型機一、銀翼を太陽にキラ〳〵輝かせてどん〳〵早いスピードで西南に向かって逃げてゆく。高度は七〇〇〇か八〇〇〇ではお話にならぬ。

一一三〇、出港。哨戒作業に就《つ》く。すっかり波静かになったので大丈夫。一七〇〇、入港警泊す。

三ヶ月が冴《さ》え渡る。この月も吾《わ》が家の父母弟妹がながめている事を思うと、じーと眺めている。

可愛《かわい》い英子《ひでこ》、正明《ただあき》、聡子《さとこ》、正剛《せいごう》、洋子《ようこ》等の弟妹達に便りす。

十一月十五日（日）カビエン

日曜日のため一日休業す。午前、艇長と共に第三関丸に乗り、池田少尉訪《たず》ぬ。三関艇長の発案《はつあん》で今夕、久し振りで二《に》文《ふみ》、三関会合《さんせきかいごう》の懇親会《こんしんかい》を開かんと。○七○○頃、我が新鋭海軍爆撃機十数台、銀翼を連《つら》ねてカビエン飛行場発、攻撃に向かう。大戦果を祈る。

カビエン基地の九九艦爆

　又々昨夜もツラギ沖で敵艦隊を捕捉、大野戦を展開、舷々相摩《げんげんあいま》す激戦を交《まじ》えて大戦果を挙《あ》げた模様。しかし、遂《つい》に我が海軍の高速巡洋戦艦霧島、敵戦艦二の攻撃を受け、ツラギ沖にて名誉《めいよ》の戦死、沈没せり。嗚呼《ああ》惜《お》しき哉《かな》。大東亜戦開始以来、已《すで》に一ヶ年近く我が軍の方の被害多少あるは仕方なきも、霧島沈没とは考えても惜しこと。在天の英霊安らかに眠れ。必ず仇《かたき》は討《う》ってやるぞ。

（1）発伊二十六潜水艦長、地点ケモムム一八ニ於《オイ》テ南下中、巡二、駆三襲撃。発射雷数《ハッシャライスウ》二、爆発音《バクハツオン》ヲ聴《キ》キタルモ効果不明。

（2）発雷《イカズチ》艦長、雷、敵弾八命中、揚錨機《ヨウビョウキ》一、二番砲使用不能、内火艇《ナイカテイ》大破、戦死十三、重傷二十六。

（3）発二F参謀長、「ガ」島攻撃隊ハ会敵《カイテキ》ヲ予期シツツ予定ノRXI攻撃。此間輸送船団《センダン》入泊《ニュウハク》ヲ掩護《エンゴ》、敵ヲ発見《ハッケン》セズ之《コレ》ヲ撃滅。発見《ハッケン》ノ状況ニ鑑《カンガ》ミ、速《スミヤカ》ニ北方ニ離脱予定。

（4）発十戦隊司令官、十四日一九五〇、長良、十駆、五月雨、電ヲ率《ヒキ》イ、ルンガ沖敵艦攻撃ニ向カイ、二二二三、敵巡二、駆四ヲ発見、之《コレ》ヲ攻撃。巡二ニ対《タイ》シ魚雷《ギョライ》五命中セシム。二一五〇、「エスペランス」岬沖ニ敵戦艦二一（内一ハ新型ナルコト確実）ヲ発見。長良之《コレ》ヲ雷撃セルモ効果不明。爾後《ジゴ》、当隊此《トウタイコ》ノ新型戦艦ヲ追撃、二三四五、ラッセル島一三五度二三浬《カイリ》ニ雷撃（発射雷数二三）発射後《ハッシャゴ》、白雪《シラユキ》、五月雨《サミダレ》、銀洋丸《ギンヨウマル》、爆発音ラシキモノ三ヲ聴《キ》ク。

（5）十四日船団《センダン》入泊地侵入時、第四戦隊敵ト交戦中ヲ発見。十五駆ヲ急派。親潮《オヤシオ》ハ二二四二、サボ島西一八浬《カイリ》ニテ敵戦艦ニ魚雷一命中セシム。

（6）発三井少佐、①敵駆二、ツラギ出港。輸送船団《センダン》ノ方向ニ向カイツツアリ。②輸送船団ニ対《タイ》スル敵銃爆撃極《キワ》メテ猛烈、火災ヲ起コセルモノ三隻。

（7）発山陽丸飛行士、敵グラマン戦闘機《セントウキ》ト交戦、不時着。陽炎《カゲロウ》ニ収容サル。戦果グラマン二撃墜。

（8）発四水戦司令官、朝雲《アサグモ》、照月《テルヅキ》ヲ率《ヒキ》イ前進中、二二五七、敵戦艦発見、近迫《キンパク》攻撃。次《ツイ》デ敗走スル敵戦艦ヲ追撃中、霧島救援ヲ命ゼラレ十五日〇一二〇、霧島顛覆《テンプク》後、沈没セルヲ以《モッ》テ乗員救助。〇二三〇、北方避退《ヒタイ》セリ。

戦果ノースカロライナ型ニ命中魚雷二（朝雲）、同艦橋ニ命中弾多数。

霧島収容人員　艦長以下一一二八名。

（9）発前進部隊指揮官、戦果　大巡二、駆一轟沈。駆一撃破。大巡一、駆一大破。戦艦（ノースカロライナ型）ニ命中魚雷二。

戦艦（アイダホ型）一命中魚雷三。外《ホカ》ニ親潮、魚雷一戦艦ニ命中。

尚第四戦隊ハ〇〇三〇頃、戦艦又ハ極《キワ》メテ大型ト認メルモノ一、サボ島南東デ連続大爆発セルヲ目撃セリ。沈没確実ト認ム。

夕刻、三関《さんせき》に於《お》て懇親会《こんしんかい》。大《おお》に痛飲せり。

＊舷々相摩《げんげんあいま》す……船ばたが互いに擦《す》れ合う。船と船が接近して激しく戦う様子。
＊爾後《じご》……その後。それから以後。

十一月十六日（月）　カビエン

即時待機で警泊す。昨日の二日酔で全身違和、頭痛甚《はなは》だし。一日何をするのも不快だった。

橋本先生に書簡出す。
蒸《む》し暑い一日。家郷《かきょう》の父母弟妹は何をしている事やらん。
（1）発第四水戦司令官
①「霧島」沈没状況次ノ如《ゴト》シ（同艦副長談）。ノースカロライナ型戦艦二ノ近距離集中射撃ヲ被弾、主砲弾約十発、高角砲弾数十発、艦尾ニ魚雷二乃至《ナイシ》三命中セル疑。操舵不能トナリ、爾後《ジゴ》艦内処々《トコロドコロ》ニ火災発生浸水甚《ハナハダ》シ。中甲板以下ノ防水区画殆《クカクホトン》ド其ノ大部ヲ満水セリ。当初《トウショ》右ニ約四度傾斜、復原ノタメ左舷《ウゲン》ニ注水セルニ間モナク左舷ニ急速ニ傾斜、〇一二〇、顚覆《テンプク》沈没セリ。
②救助員　艦副長以下准《ジュン》士官以上六九、下士官兵一〇五九。
（2）発三井少佐　十五日一八三二
①敵機ノ状況　午前ヨリ稍《ヤヤ》活気ヲ欠《カ》クルモ揚陸地《ヨウリクチ》攻撃、延機数《ノベキスウ》約二〇機。艦爆《カンバク》ハ主ニ昨夜戦沈没敵艦船乗員ノ探索ヲ続行中。
②駆二、ツラギ方面ニアルノ外《ホカ》、敵艦艇ヲ見ズ。
③我艦団《ワガカンダン》ノ状況　四隻戦焔中、山之内参謀《サンボウ》ト連絡ノ結果、人員二〇〇〇殆《ホトン》ド被害ナク揚陸《ヨウリク》。山砲《サンポウ》、野砲《ヤホウ》弾計二六〇箱、米一五〇〇俵揚陸。
④陸軍ハ十二日、攻勢ヲ取リ、旧海軍本部占領、其他《ソノタ》若干戦利品アル見込。
（3）発《ハッ》八根司令官　宛《アテ》ブナ派遣隊

イ、既命《キメイ》方針ニ基《モトヅ》キ全力ヲ挙《アゲ》テ敵ヲ反撃撃滅セヨ。

ロ、本日、艦爆、戦闘機計三〇発進《ハッシン》セリ。

一九〇〇、ラジオのニュースは去月《きょげつ》二十六日の南太平洋海戦の綜合戦果を発表せり。

十一月十七日（火）カビエン

（1）敵ハＲＡＦ（ブナ）方面ニ攻撃ヲ企図《キト》セントスル模様ニシテ、急遽《キユウキヨ》主力一箇《イッコ》大隊ナル部隊約一〇〇〇名ヲ増援スルヲ要ス。至急艦船ノ配備方《カタ》配慮ヲ得度《エタシ》。

本隊ハ明早朝準備完成ノ予定。（発南方派遣部隊指揮官　宛八Ｆ長官）

（2）発一Ｂg司令官。

十五日、十六日、敵機ノ執拗熾烈《シツヨウシレツ》ナル爆撃アリタルヲ以《モッ》テ警戒ヲ厳《ゲン》ニシ居《オ》リタ処《トコロ》、十六日一〇〇〇、敵輸送船二、ＲＡＦ南約五浬《カイリ》ニ侵入揚陸《ヨウリク》開始シ、一〇四五、出港セリ。更ニ一六二〇、更《サラ》ニ輸送船二入港セルモ味方爆撃機ノ有効ナル爆撃ヲ受ク。敵上陸地点、「サンボダ」河（ＲＡＦ南方七浬）右岸。敵揚陸兵力、約一〇〇〇名以内。

味方兵力、横五特陸、約五五〇名、工員、四五〇名。其他《ソノタ》一〇〇。

午前、我が家へ便りを記す。

一一三〇、散歩上陸許さる。兵員と共にカビエン市街に散歩に出掛けた。途次《とじ》、十二設営隊本部を訪ねれば藤原軍医中尉、一昨夜マラリアに罹患《りかん》、苦しんで居《お》られて見舞う。軍医長にお逢《あ》いして種々懇談す。更《さら》に兵達と共に飛行場隣りの民生部農園に到《いた》り、我が家の畑と思いつゝ散歩す。飛行場はとても小さく滑走路だけだ。今日、生来《せいらい》初めて慰安所をのぞき、建物の工合《ぐあい》を見て来た。

一五三〇、帰艇。夕食後玉蜀黍《とうもろこし》一本食べたり。旨《うま》いこと。

うねり高く荒れ気味なり。

十一月十八日（水）　カビエン

〇七〇〇、出港、哨戒《しょうかい》に出《い》ず。本日一一〇〇頃、七戦隊、ROに入港するので第三関丸も出港、哨戒に就《つ》く。天かき曇り風強く、浪《なみ》は船を呑《の》むばかり。手荒いシケだ。艇は約三〇度も傾斜する。ガラリン、コロリンの室内の器物が迷うている。ドーッと飛沫《しぶき》は甲板を洗う。歩く事も出来ぬ。波のすさまじさを見ていると勇壮《ゆうそう》の感《かん》なきにもあらずも。こう船が揺《ゆ》れると船酔の前兆《ぜんちょう》、われる様に頭が痛い。食事を取れるのはせめてもだ。午前午後共、室内に潜《もぐ》って寝てばかり。小艇にはこの苦労、内地の有閑人《ゆうかんじん》に見せてやり度《た》し。

一一三〇、七戦隊入港。一五〇〇頃、初鷹入港す。本艇も一六〇〇、仮泊《かはく》せり。

電報を見るに内地近海及南洋海面、頻《しきり》に敵潜水艦現わる。彼等《かれら》が何か大きな作戦を企図《きと》すると同時に、潜水艦が相当《そうとう》現われる。

（1）一一三五、セントジョージ岬二一五度三二浬《カイリ》ニテ東洋丸、敵潜水艦ノ雷撃四ヲ受ケ、一発《イッパツ》一番艙《ソウ》ニ命中。速力、五・五節《ノット》。

(2)発七戦隊司令官

七戦隊司令官ハ外南洋増援部隊(鈴谷、摩耶、天龍、涼風)及朝風ヲ率《ヒキ》イ、十七日〇六〇〇、RXE発拾《ハッジュウ》八日一一〇〇、RO着予定。

一九〇〇、愈々《いよいよ》数日前のソロモン方面戦争の戦果発表《はっぴょう》のニュースがある。軍艦マーチ高らかにスピーカーより流る。胸跳《おど》らせて吸いつく様に聴《き》く。

十八日午後三時三十分、大本営海軍部発表。

南太平洋方面ニ戦闘《セントウ》継続中ノ帝国海軍部隊ハ、去ル十二日ヨリ十四日ニ渉《ワタ》リソロモン群島北方洋上ニ、米艦隊ト遭遇、ソノ補助艦艇ノ大半ヲ壊滅《カイメツ》。戦艦二ヲ損傷セシメタリ。戦果次ノ通リ。

(一)艦船　撃沈　巡八(内新型三、五轟沈)、駆四—五、輸送船一

　　　　　大破　巡三、駆三—四

　　　　　中破　戦艦二

(二)飛行機　撃墜　六十三、　撃破　十数機

(三)我方損害　戦艦一沈没、一大破、巡一沈没、駆三沈没、輸送船七大破、

　　　　　飛行機　自爆三十六、未帰還九

「註《チユウ》」十一月十二日ヨリ十四日マデノ右海戦ヲ第三次ソロモン海戦ト呼称《コシヨウ》ス。

右の発表《はっぴょう》の如《ごと》く、如何《いか》に戦闘熾烈《せんとうしれつ》たるか。在天の英霊《えいれい》安らかに眠れ！

しかし考えるに、味方戦艦の損傷、沈没は口惜《くや》しい。又も二二〇〇、敵機来襲す。

十一月十九日（木）　カビエン

朝来猛烈なるスコールは遂《つい》に暴風雨となる。ヒュー〳〵と猛風と共に大粒の雨が遠慮なく吹附ける。終日室内に暮らす。心労甚《はなは》だし。

第三関丸、出港、哨戒に就《つ》きたるも如何《いか》にシケられている事やら。無為息災《むいそくさい》の一日を費《つい》やした。

二二〇〇頃、またもや敵機の来襲があった。陸上に数発《すうはつ》の爆弾の音、その中に本艇のすぐ上を飛んでいる。抵抗がないものだから高度低い。暗夜《やみよ》でも姿が見える。あそこに行く〳〵と騒いでいると突如《とつじょ》、斜左前方に一点パッと明るくなる。それ危いと思わず身をかゞめた。数百米《メートル》先の海中に一発、焼夷弾《しょういだん》か小型爆弾らしい。

十一月二十日（金）　カビエン

〇七〇〇、出港、哨戒作業に従事。相変わらず天候は荒模様。艇は横倒しに倒れるのではないかと思わる程。ザーッと飛沫を揚《あ》げて海水が船辺を洗う。

一昨日よりひどい波だ。船の動揺が大きければ大きい程、自分の頭痛の度が増す。

一五〇〇、七戦隊泊地入口に投錨仮泊《とうびょうかはく》す。ほっとするが仲々頭痛はすぐには去らぬ。スコールは矢継《やつ》ぎ早《ばや》にくるし、こうなっては船はみじめだ。早朝「夕月《ゆうづき》」「諏訪丸《すわまる》」を護衛してPTより入港す。

十一月二十一日（土）　カビエン

〇六〇〇、出港。何時《いつ》もの投錨地に向かう。その頃より猛烈なる暴風雨来る。けれど追風だから心配はない。吹きつける風、押寄せる丈余《じょうよ》の波。艇は今横倒しになるのではないかと懼《おもんばか》れる。南洋でこんな荒気も珍らしい。風速十七、八もあろう。昨夜又々蒸気管の腐敗せる処《ところ》破れて艇は速力が出ない。風に追われてやっとの事で〇八〇〇投錨。

中攻《ちゅうこう》が一機、この暴雨を衝《つ》いて舞上がっている。偉《い》なる哉《かな》。本艇長の名を以《もっ》て八根司令官宛、罐《かま》故障、至急修理したき旨《むね》電報発《はっ》す。更《さら》にRO哨戒部隊指揮官（第三関丸艇長）の名を以て8Bgに電文す。全く修理せずにいつまでこうやっているは無気味も甚《はなはだ》し。現在の状況なれば爆雷も投射出来ねば潜水艦に追掛《おいかけ》られてしまう。

一一四五、散歩上陸と共に上陸。午前中より空爆機も大分静かになったと思いきや、上陸した途端《とたん》又々猛烈なる風雨。止むのを一時間待って民生部及《および》農園に行く。土人の家を借りて玉蜀黍《とうもろこし》を焼いて食べた。あまり実が熟さぬので不味《まず》い。陸上の人の話に依《よ》れば、昨夜も空襲あった由《よし》。彼等《かれら》米英はボーイングの優秀性を頼んで、この悪天候を衝《つ》いて毎夜空襲とは感心なものだ。然《しか》しボーイングは仕方がない程にくらしい奴だ。

陸上では樹木、家屋が大分《だいぶ》倒れている。相当《そうとう》な嵐だったことが分かる。夜は静かになる。

相変わらず潜水艦情報は頻《しき》りに入る。

二十一号掃海艇、昨夕一六四五、南緯七度、東経一五三度附近で敵潜一を血祭に挙《あ》ぐ。

十一月二十二日（日）　カビエン
○九〇〇、病院船朝日丸入港。白亜《はくあ》の船体を横《よこ》たえる。
一一〇〇、重油補給、清水《せいすい》補給のため、第二図南《となん》丸に横着《よこづ》け。一二〇〇頃、突如《とつじょ》暗雲襲来と共に猛烈数十米《メートル》の風雨来《きた》り、遂《つい》に纜《ともづな》が切れる。さあ大変。警急信号で暴風雨の中を重油と雨とに濡《ぬ》れ鼠《ねずみ》となって、総員応急処置《そういんおうきゅうしょち》。やっとの事で難を免《まぬが》るると共にけろりと風雨も去ってしまった。しかし一時はどうなる事かと思った。
○七四〇、発《ハツ》八根司令官、宛《アテ》第二文丸。RO哨戒《ショウカイ》部隊指揮官。
第二文丸《フミマル》八二十三日、白鷹《シラタカ》RO入港後便宜《ベンギ》、RO発RRニ帰投、修理スベシ。

十一月二十三日（月）　新嘗祭《しんじょうさい》　カビエン出港
○七〇五、遥拝式挙行《ようはいしききょこう》。
○八〇〇、出港。ラボールに向かう。速力が出ぬので時間のかゝる事甚だし。

五特根よりの通達を見て驚いた。それは同期生、小島常世軍医中尉の訃報《ふほう》だ。軍医学校時代は同じ班ではなかったので顔も知らなかったが、同じ四艦隊司令部附となり、しかも且《かつ》、私と彼は第五特別根拠地《こんきょち》隊司令部附となって六月二十日、東京駅を発《た》つ折から八月二日、サイパンを離るゝまで全く行動を共にし、医務隊長《いむたいちょう》とし活躍中不幸、自動車事故のため死亡。即日海軍々医《い》大尉となり正七位となる。聖恩《せいおん》の辱《かたじけな》さ。以《もっ》て冥《めい》すべし。考えるに小島大尉の死、嘘《うそ》の様でならぬ。

＊新嘗祭《しんじょうさい》……天皇が新穀を天神地祇に供え、自らもそれを食する祭儀。昭和二十三年から「勤労感謝の日」となった。「にいなめさい」とも言う。
＊聖恩《せいおん》……天子《てんし》の恵み。

十一月二十四日（火）　ラボール

○九〇〇、二十五日振りでラボールに入港。相変わらず湾内にはソロモン方面の作戦を物語るが如《ごと》く、数十隻の商船は湾内狭しと浮かぶ。駆逐艦《くちくかん》も十隻程偉容《いよう》を並べていた。ラボールは一大軍港だ。魚雷《ぎょらい》を喰《く》って曳航《えいこう》された商船も沈みかけているのが二、三隻《せき》。痛々しい駆逐艦も数杯居《い》る。第三次ソロモン海戦の激戦を物語る。

艇長、本艇の修理に関し、八根司令部と打合わせるもうまくゆかず、八海丸（工作船）に依頼せるも八海丸は修理船多くて、とても本艇どころではないと。機関長、工作部に願い出、明後日《みょうごにち》、工作部長ら来艇、破損状況を見る由《よし》。

ラボールに来ると、我家でも落着いた様に何となくほっとする。あたりの美しい景色のためもあろう。カビエンとは全く異なって暑苦しいが天候は悪くない。

本日、俸給一五五円参拾《さんじゅう》一銭頂戴す。現在の自分の金と合わせて次の通り目論《もくろ》んだ。金百円、家へ。金八拾《じゅう》円、水交社軍貨代。金参拾円、佐原へ。金弐拾《にじゅう》円、浦野へ。金五拾《ごじゅう》円也、貯金と送金とする事。早速《さっそく》明日手続きを取ろう。夕刻、郵便物と共に又々慰問袋が届いた。嬉し限り。正治よりの新聞、母及妹よりの優しい便りには思わず落涙《らくるい》。

親友、信楽、植竹軍医少尉よりも懐《なつか》しい満州の便りあり。山門春子さんよりも写真《しゃしん》とうれしい便り。私達の戦線で一番楽しく、嬉しいのはこんな時だろうか。慰問袋は早速我が室で開封。傑作《けっさく》の綱《ごう》には弟の心づかいが思わる。出た〳〵雑誌、玩具、汗知らずが一つ、すっかりこわれて中味がなく、折角《せっかく》のものがこれではひどい。隣室の機関長も慰問袋を開けている。二人で、こんなものがあった、あれがあったと、全く慰問袋は中味の如何《いかん》よりも開ける時の楽しさ、この味。貰《もら》った人でなければ分かるまい。機関長も八字髯《はちのじひげ》をうれしそうにまげて開けている。

兵達も楽しそうに夫々《それぞれ》の便りに喰入《くいい》っている。郵便物のあったときは艇内はひっそりとしている。誰か故郷を想《おも》わざらん。

父よ、母よ、わが弟よ、妹よ、この喜びを想像して下さい。

一八三〇、巡検《じゅんけん》終わって夕涼みに甲板に出た。昼《ひる》かとまごう恍々《こうこう》たる月夜、うっとりと眺めた。吾家《わがや》の姿、肉親の顔がはっきりと浮かぶ、映る。今日はとても明るい浮き〳〵した日だった。仲々寝付かれない。

発外南洋部隊指揮官。外南洋部隊ノ兵力部署ハ左ノ通リナリ。

区分	指揮官	兵力	主要任務
一、主隊	直卒	鳥海《チョウカイ》、望月《モチヅキ》	全作戦支援
二、支援部隊	7S司令官	7S（熊野《クマノ》欠）摩耶《マヤ》	RX方面作戦支援
三、増援部隊	2sd司令官	31dg、15dg（早潮《ハヤシオ》欠）、24dg（風雲欠）	RX方面ニ対《タイ》スル輸送作戦
四、R方面航空隊	11sf司令官	11sf802空《クウ》水戦隊、千歳《チトセ》飛行機隊 讃岐丸《サヌキマル》、山陽丸《サンヨウマル》、國川丸《クニカワマル》、天霧《アマギリ》	
五、RX方面防備部隊	1Bg司令官	36号、38号哨戒艇	

六、RA方面護衛隊　RA（ニューギニア東部）
18s司令官　18s（龍田《タツタ》欠）、8dg（満潮《ミチシオ》欠）　RA方面ニ対《タイ》スル輸送作戦
10dg（秋風《アキカゼ》欠）、春雨《ハルサメ》、白露《シラツユ》、
磯波《イソナミ》、電《イカズチ》、早潮《ハヤシオ》

七、RA方面防備部隊　7Bg司令官　7Bg（23、32駆潜隊欠）、八十一警
横五特、佐五特

八、R方面防備部隊　8Bg司令官

九、附属　五十鈴《イスズ》、龍田《タツタ》、海風《ウミカゼ》、卯月《ウヅキ》、満潮《ミチシオ》、第八聯合《レンゴウ》特陸、第八気象隊

十一月二十五日（水）　ラボール

午前七時、半舷《はんげん》上陸員と共に上陸散歩す。上陸しても別に行く宛《あて》もないが、狭い艇内で半日暮らすよりも、大地を踏んで大気を吸うは躯《からだ》の為に良いと思うて支那《しな》人街《じんがい》に出掛《でか》けた。陸軍の大部隊が来ていると見えて、支那人街の軍用倉庫には軍用品の荷物が道路まではみ出して山の如《ごと》く積まれている。

第八軍需部《ぐんじゅぶ》に坂本機関長、第八潜水艦基地隊に比留間《ひるま》中尉を訪問、懇談《こんだん》す。

午後、送金の手続を済ます。早く届いてくれる様に。夕食前、向島の石橋和子嬢より珍しく便りあり。嬉《うれ》しく拝見。又大井医院《いいん》の陽子ちゃんよりも女学生らしい可愛い手紙を受取り、

なつかしき。夕食事、機関長よりビールの御馳走《ごちそう》になって大分酩酊《だいぶめいてい》、痛快となる。機関長が私に嫁を世話したいと大騒ぎ。「まだ早いですよ」と辞《じ》せば、早い〳〵と言っては仲々良いのがありませんよ、今の内決めたらどうです、と押され気味。「なあに、もう決まったのがあるんですよ」と逃げたり逃げたり。

主計科より、来月初旬ボーナスありと嬉《うれ》しい通報あり。なんでも私は扶養《ふよう》家族がない故《ゆえ》、二十二割位とか。

○六三〇頃、ラボール東飛行場を飛びたった艦上攻撃機一機、エンジンでも悪かったか、やっと飛び上がったかと思いきや、本艇の向こう一〇〇〇米《メートル》位に墜落、搭乗員三名救助されたるも機は海底に没す。惜《お》しいかな。

十一月二十六日（木）　ラボール

○七〇〇、第一栈橋横着け、鑵腐食部《かまふしよくぶ》の応急《おうきゆう》修理にかゝる。横着《づ》けしたのでは暑くてかなわん。今日より毎日、午前午後1／4上陸許可さる。私は第八海軍病院に艇長のレントゲン像を見ながら千坂《ちさか》中尉を訪《たず》ぬ。

○九〇〇頃、空襲警報発令。なれど敵機を認めず。最近は空襲警報だけで敵姿を現わさぬ。

陸上が近いので蚊《か》の居《い》ること甚《はなは》だしい。それに発電機《はつでんき》も停止して電燈《でんとう》がつかぬので我室は真暗、後甲板で夕涼みをやれば蚊に喰われるではやり切れぬ。巡検後、電信室にて武山軍属及市丸上機長と痛飲、愉快なりき。暑さが烈《はげ》しく仲々寝つかれず。此《こ》の頃は月の出が遅《おそ》くなる。二二〇〇だろう。昼《ひる》とまごう照《て》り渡る。故郷の父母もこの月影を浴《あ》びている事ならん。正治よりの手紙、新聞届いたり。

十一月二十七日（金）　ラボール
今日は一日全く風もなく、暑さは気持悪くなる程夥《おびただ》しい。何する勇気もなし。
一四〇〇頃、第八工作部長来艇。鑵《かま》の破損状況を視察。取敢《とりあ》えず破損せる三本の蒸気管だけを直すと言う事になった。これではドックに帰れそうもなし。

十一月二十八日（土）　ラボール
午前、山本部隊病室に鶴田軍医《ぐんい》少尉訪問。先般の第三次ソロモン海戦で比叡《ひえい》も沈没してしまったそうだ。

夕方一七三〇より、陸上八十一警備隊にて映画あり。見物に出掛けた。

日本ニュース126、128号と松竹《しょうちく》の古い映画「彼女は何を覚えたか」「次郎長一家」と言うのをやった。兵隊も映画に飢《う》えているせいか、大変な人で賑《にぎわい》だった。

一九〇〇、ラジオのニュースは大本営発表《はっぴょう》として、先の第三次ソロモン海戦の戦果の追加が伝《つた》えらる。即《すなわち》、戦艦二撃沈、巡洋艦三撃沈なりと。

十一月二十九日（日）　ラボール

隣に停泊中の第五日鮮丸《にっせんまる》で、船員が朝っぱらから二人で他人の迷惑をも考えず喧嘩《けんか》口論をやっていた。喧嘩のもとが、その一人が舷側《げんそく》より小便をしたとかしないとか言うのだからあきれたものだ。いい年をして赤道の南で口論やっているなど、大馬鹿者とはこの二人の事だろう。

午後《ごご》、市丸《いちまる》上機長と植物園内散歩上陸す。支那人街《しなじんがい》フルーツパーラーで兵員達十人ばかりと、紅茶とバナナで仲良く歓談す。夕刻、「人の和」と言う事について兵員達に一場の訓辞《くんじ》を試《こころ》みた。他人に訓示を言う程の自分でもないが、良い事をしたと後で思われたり。

十一月三十日（月）　ラボール

当《とう》方面増援に送られたのであろう、沢山の下士官、兵が続々と桟橋に居《い》る。

午前、陸上第八海軍病院治療品倉庫で高宮大尉と逢《あ》う。午後、八根会議室《かいぎしつ》に開催の小田島（大佐）医務局《いむ》第二課長を囲《かこ》んで、聯合医会《れんごういかい》あり。之《これ》に出席。同期生滝川、相葉、比留間、盛、竹内、傳法《でんぼう》各中尉及佛坂《ふつさか》少尉に逢《お》うた。

一七〇〇から山の上の第一常碧荘《じょうへきそう》で懇親会《こんしんかい》あり。慰安婦の給仕で痛飲、愉快なり。帰艇したのは二一三〇頃だったろうか。夕刻、大場寿美、岡野先生、艶子《つやこ》より便りを受取る。

十二月一日（火）　ラボール

愈々《いよいよ》、二六〇二年最後の月、思えば月日の早い事。昨年の今頃は卒業試験で鳩々《きゆうきゆう》としていた頃だった。

一日暑いのでボーと過ごしてしまった。相田及町山先輩より便りあり。

十二月二日（水）　ラボール

月頭書類の作製に午前中費《ついや》す。一日室内にもぐって仕事をすると暑さのために体がぐったりと疲れる。午後は疲れを医《いや》さんと後甲板で午睡《ごすい》を取る。夕刻、金子千寿子、林保造氏より便りあり。更《さら》に生まれて初めてのボーナスを頂戴せり。大枚《たいまい》百四十一円参《さん》十一銭也《せんなり》。嬉しい事限りなし。私は独身で扶養家族がないものだから、これで大分少ない方だ。入浴後、斎藤兵長より西瓜《すいか》を御馳走《ごちそう》になったり。

十二月三日（木）　ラボール

本艇掌砲長、加々美兵曹長の特別考課表を作製。午前一寸《ちよつと》、山本部隊（五八二空。十一月に二空より改称）病室に鶴田少尉を訪ねる。

午前、空襲警報あれど敵姿認めず。午後《ごご》、鶴田少尉と盛中尉と山本部隊病舎にて逢《あ》う。盛中尉は最近マカッサルから航空隊附でこのラボールに来た。マカッサルの美味《おい》しい煙草《たばこ》を貰《もら》う。敵産のスバラシイ自動車に乗込《のりこ》んで三人でドライブ気取り。ラボール湾口をぐっと廻って西行、図南《となん》道路を約一時《いっとき》半疾走《しっそう》せり。ラボールの港を一望の内に俯瞰《ふかん》。風光絶佳《ぜっか》、中分なし。土人の市場から果物を少しばかり仕入れた。帰艇せるは一五三〇頃なり。

夕五時半より鶴田少尉の二空で映画あると言うので艇長を誘うて見物す。途中、空襲警報発令《はつれい》。急遽《きゅうきょ》帰艇せるも敵影を認めず。

本日の一九〇〇のニュースで又々次の戦果の発表あり。

去る三十日夜、ガダルカナル島ルンガ沖夜戦に於《お》て、我水雷戦隊は敵艦隊に遭遇、得意の夜襲を以《もっ》て次の戦果を収《おさ》めた。

敵戦艦一、撃沈。巡一、轟沈。一、大破。駆二、撃沈。一、大破。

我ノ損害　駆一、沈没。（註《チュウ》ルンガ沖夜戦）

右ルンガ沖夜戦の模様を某《ぼう》氏よりきくに、我が陸軍兵及糧食弾薬等を満載せる我が水雷戦隊八隻《せき》は、ルンガ揚陸《ようりく》のためツラギ海峡《かいきょう》に入るや敵船団《せんだん》と邂逅《かいこう》せり。敵は戦艦一、巡四、駆十二を以《もっ》てする大艦隊で、彼等《かれら》も矢張《やは》り兵站《へいたん》物資を揚陸せんとするものらしい。陽《ひ》が明るくては我《われ》の不利と、我《わが》水雷戦隊は一時避退《ひたい》。夜に入るやこの大敵に猛烈果敢《もうれつかかん》なる夜襲《やしゅう》を挑む。敵戦艦目《め》がけて魚雷二十数発、直《ただち》に敵戦艦を射止《いと》む。我《わが》水雷戦隊のあの大戦果をあげたれど揚陸《ようりく》せず引返す。

我が陸軍兵は思わぬ我海軍の夜戦を見たわけだ。我駆逐艦一は大破せる後、沈没せりと。

十二月四日（金）　ラボール

〇五三〇、二十号掃海艇《そうかいてい》、本艇に横付け、修理す。午前、二空《にくう》にて鶴田少尉に逢《あ》い、煙草《たばこ》を買って貰《もら》う。

午後八軍需部《ぐんじゅぶ》に阪本機関長を訪《たず》ぬ。さらに道傍《みちばた》で偶然にも軍医学校時代、九班に居《い》た前田少尉に逢《あ》う。彼は現在、三十四駆逐隊附で羽風《はかぜ》に乗組中とか。やはり八月初旬来、ラボール方面に来ていると。なつかしく懇談。

斉藤兵長と支那人街を歩き、南貿売店及フルーツパーラーに立寄る。隣りに船が横着《づ》けしているので夜の蒸《む》し暑い事、今夜はゆっくり寝られそうもなし。

十二月五日（土）

午前、空襲警報鳴り渡る。隣りに横付けの二十号掃海艇、一斉《いっせい》に砲口《ほうこう》を大空に向けて待ちかまえたが敵機現われず。

午後、八十一警備隊に映画あり。艇長、二十号掃海艇長と共に見物。東宝映画ハモニカ小僧と漫画に、性病予防映画だった。

十二月六日（日）

鑵の修理漸《ようや》く終わり、今夜からは発電機《はつでんき》が廻る。今晩からは涼しく寝れるだろう。

二十号掃海艇は横附けを離したら、今度は第三日鮮丸横付けす。

〇八二〇、新八根司令官徳永少将の巡視あり。第二種軍装《ぐんそう》に威儀《いぎ》を正して迎え、少将に伺《し》候《こう》す。

今日も航空隊に映画あるよし。

巡視中に空襲警報ありたるも事なし。軍需部の阪本兵曹長より珍しくも「桜《さくら》」を買うて戴《いただ》いた。岡部泰三少尉に便りを出す。

十二月七日（月）

午前、潜水夫が潜《もぐ》ってスクリューの修理を行なうも大した効果なし。スクリューの修理は他日やる事として、明日一四〇〇、燃料補給の上、カビエンに向け出港の予定となる。

午前、八十一警備隊分隊長（西砲台長）である野瀬中尉に逢《あ》う。

「敵ハ大東亜戦争一周年ヲ期《キ》シ、我《ワレ》ニ攻撃ノ算大《ダイ》ナリ。各位警戒ヲ厳《ゲン》ニセヨ」と警告信号、八根司令部より来《きた》る。

愈々《いよいよ》、又明日ラボールを別れるわけだが、今度入港するのは何時《いつ》のことや。新型双発《そうはつ》の飛行機十数機、上空を飛び廻っている。

十二月八日（火）　大東亜戦争一周年記念日

午前、敵ボーイング一機、悠々《ゆうゆう》ラボール上空に飛来、我が防空弾幕の中を偵察、逃げ去る。一四〇〇、横着《づ》けを離し、燃料、水を補給して一六三〇、一路カビエンへ。今度ラボールに帰《かえ》るのは何時《いつ》の事やら。

五戦隊、那智《なち》、妙高《みょうこう》、羽黒《はぐろ》入港していたが、彼等《かれら》も一七〇〇、出港。カビエン泊地へ向かう。湾口に出ると駆逐艦隊に出会《あ》う。今朝、陸兵を満載してブナ方面へ向うたものらしい。敵機に発見、猛爆を受けたので、終《つい》に再起《さいき》を期《き》して戻ったのであろう。

静かな航海ではあるが、推進器の厭《いや》な音が体をゆする。大東亜戦《だいとうあせん》一周年記念日も平々凡々と暮れた。

十二月九日（水）

一一〇〇、カビエン無事入港。二、三日前、夜敵機の空爆により、カビエンの陸上にあった慰安所《いあんじょさんこ》三戸はすっかり跡形《あとかた》もなく破壊され、七名の死者と数名の死傷者を出したと。なにしろ、ダイナマイトの倉庫に爆弾命中したので、慰安所が吹飛んだそうだ。十三噸《トン》ものダイナマイトが一度に爆発すればたまらぬ。大きな池が出来たと。

白鷹《しらたか》は本艇が来るので早速一三〇〇頃、ラボールに向け出港した。図南《となん》丸も居《お》らぬのでのんびりである。

十二月十日（木）

○九三〇頃、三関艇長と池田軍医少尉来艇。内《うち》の艇長と四人で附近の島へ水浴びに出掛けた。内地の海では見ることの出来ぬ綺麗《きれい》な珊瑚《さんご》の砂浜。白砂青松《はくしゃせいしょう》とはこの島のことを言うのであろう。四人裸になって砂浜に腹這《はらば》い、打来る波を浴びるとき、誰が戦争を思うか。すべてを忘れて水にひたった。

海軍新鋭爆撃機が海面スレ〳〵に飛んでいる。昨夜は味方中攻《ちゅうこう》が飛んで照明弾《しょうめいだん》落下と探照燈の演習をやっていた。暗黒の夜空に数条《すうじょう》の光芒《こうぼう》、見事だ。

一二〇〇、出港、哨戒《しょうかい》。一七〇〇、艦隊泊地にて仮泊《かはく》。巡洋艦鈴谷、摩耶《まや》の近くで錨泊す。此処《ここ》はブカ島泊地の様に静かな処《ところ》だ。

十二月十一日（金）

○五三〇、出港、北上。本日午前、日春丸（前十五掃海隊司令、現在監督官トシテ乗組）ＲＯに入港するのを護衛、先導す。

一〇三〇、入港、投錨《とうびょう》。午後三関《さんせき》に行き、池田軍医《ぐんい》少尉に逢《あ》う。パイナップルの黄金色《こがねいろ》になったものを頂戴《ちょうだい》。三関丸は日春丸に横付け、水、油の補給に行くので同行。日春丸で入浴、一五〇〇、帰艇。スコール烈《はげ》しく到《いた》る。

十二月十二日（土）

土人のカヌーが一杯パパイヤ、パイナップルを売りに来た。久し振りで食べる、カビエンのパインの味、美味《おい》しい。土人の一人が三尺余《さんじやく》のトカゲを一匹《いっぴき》持参。生きている。気持悪い事甚《はなは》だしい。煙草《たばこ》十個やってそのトカゲの皮をむかせた。自分もそれを料理して塩漬けにして内地の土産にする。

一三〇〇、出港。畿内丸がRRに向け、ROを一六〇〇、出港するので、ステッフェン水道南口の対潜掃蕩《たいせんそうとう》を実施。一七〇〇、艦隊泊地に仮泊《かはく》す。明日〇五〇〇、出港予定。月が出始めて夜闇《みかづき》に三ケ月の灯《あかり》一つ。

十二月十三日（日）

〇五〇〇、出港。カビエン港北口の対潜掃蕩《たいせんそうとう》を続行。一〇〇〇、第三関丸と交代す。午後、陸上に便あり。マラリアらしい患者一名を連れて上陸す。警備隊病舎で藤原軍医中尉に面会《めんかい》。検血の結果、マラリア原虫（±）なり。同中尉と警備隊士官室で種々懇談《こんだん》。サントリーウイスキーの御馳走《ごちそう》になって帰艇。明朝、〇八〇〇、出港、哨戒《しょうかい》を続行しつゝ、一四〇〇、出港の日春丸を送る予定。

(一)　発《ハツ》ガダルカナル守隊隊長
　　敵輸送船五、駆九ツラギニ向カイルンガ発《ハツ》。
(二)　発《ハツ》十駆司令　我《ワガ》RAFニ向カウ途次《トジ》、敵機B－17二機、高度三〇〇〇ニ以《モッ》テ接触ヲ受《ウ》ク。敵機ハ盛《サカン》ニ敵基地ニ無電ヲ発《ハッ》ス。我《ワレ》ヲ迎エ打タントスル算大《ダイ》ナリ。
(三)　八根司令官　白鷹《シラタカ》ハ十三日早朝、輸送船三ツ赤道上マデ送リタル後《ノチ》、ROニ帰投《キトウ》セヨ。

十二月十四日(月)

　今日は元禄《げんろく》十五年、四十七士《しじゅうしちし》の忠臣義士《ちゅうしんぎし》の討入《うちいり》の日だ。吉良《きら》討入《うちいり》乱入の模様《もよう》、揚々《ようよう》と両国橋から引揚《ひきあ》げる四十七士の面々、想像される。私は四十七士は大好きである。

〇八〇〇、出港。北口の哨戒《しょうかい》を行なう。七戦隊が北方から又帰って来た。一〇三〇、爆雷《ばくらい》投射演習を行なう。実弾一発《いっぱつ》「発投《ハットウ》用意!」「発射《ハッシャ》用意宜《ヨロ》シイ!」。伝令《でんれい》の声が緊張裡《り》に聞こえる。

　投射! 一瞬、爆雷は後甲板の外舷からボッチャンと落下された。沈黙の一秒一秒、静寂の一期間、約三十秒だった。ズシーンと天地をゆすぶる炸裂《さくれつ》音。自分の顔にまでハット爆風の如《ごと》き衝動《しょうどう》を感ず。破裂した海面が水色に色がそこだけ変わっている。あれでこそ潜水艦もたまらぬわけだ。

　一一〇〇、南口に転じ、ステッフェン水道を抜けて哨戒続行。白春丸を一六〇〇頃送って

艦隊泊地に仮泊したのは一七〇〇だったろう。「鈴谷《すずや》」らしいものから「タレタレ」の発燈《はっとう》
信号が本艇に向かって点滅している。

十二月十五日（火）

十二月も今日で終《つい》に半ばとなった。〇五〇〇、出港。〇八〇〇、カビエン港仮泊《かはく》。三関丸《さんせきまる》と共に昼間《ひるま》碇泊《ていはく》せるも、本艇一五〇〇、出港。七戦隊泊地に転錨す。

陸上民生部より大根、ナス、南瓜《かぼちゃ》、玉蜀黍《とうもろこし》等の野菜物が手に入る。

第三関丸は明後十七日ラボールに帰る予定だ。

一九〇〇、ラジオニュースは次の陸海軍発表《はっぴょう》を報ず。

（1）帝国海軍航空部隊ハ十一月二十四日―十二月八日マデニ、ニューギニア北東ブナ附近ニ於《オイ》テ、敵機四十四機ヲ撃墜セリ。我ガ方ノ未帰還、自爆九機。

（2）ビルマ反攻ヲ企図《キト》セシ英国軍満載ノ大輸送船団《センダン》ガ、印度《インド》某《ボウ》港ニ入港、上陸セントスルヲ発見セル陸軍航空部隊ハ、之《コレ》ニ戦爆連合ノ大編隊デ猛爆ヲ加エ、次ノ戦果ヲ揚《ア》グ。
撃沈破艦船、二十二隻（内撃沈七）。飛行機、撃墜十。敵軍事施設ニ大損害ヲ与《アタ》ウ。

我ガ方、未帰還機二。

一、発《ハッ》白鷹艦長、一一一五、予定地点ニ達シ護衛ヲ止《ヤ》メROニ向カウ。同地点ニテ病院船アメリカ丸ノ南下スルヲ認ム。

二、発ガダルカナル守備隊長、敵軽巡一、ツラギニ向ケ、輪、駆、軽巡各一、東方ニ向ケ出港セリ。
三、発ガダルカナル守隊長、宛《アテ》八F参謀長、十一AF参謀長《サンボウチヨウ》、六F参謀長。
十二月八日ヨリ十四日マデノ敵潜、
(イ)入港セル敵輸送船ノ延数四十一隻、早朝入港、荷役シ、ツラギニ避泊《ヒハク》。三日後、東方ニ出港ス。
(ロ)大体右輸送船ノ護衛ハ、駆五六隻、駆潜艇二ナリ。
(ハ)十二日、軽巡一、右護衛ニ協力シツツアリ。
(ニ)十四日、カミンボ沖ニ駆三現ワレタルモ、我之《ワレコレ》ヲ砲撃セシカバ其後《ソノゴ》現ワレズ。
(ホ)一日平均、飛行機ノ発着陸延数《ハッチャクリクノベスウ》五十、最大九十二。陸地攻撃、稍衰《ヤヤオトロ》ウ。

十二月十六日(水)
〇五〇〇、出港。南口の対潜掃蕩《たいせんそうとう》を実施。二十四号駆潜艇の護衛をする。山西丸、榛名丸《はるなまる》を迎えて一〇三〇、カビエン入港、警泊す。今朝、艦隊泊地に重油船一と駆逐艦二入港せり。蒸し暑い一日は事なく過ぎた。

十二月十七日(木)

早朝、眼が覚めて後甲板に出ると、分隊士が、軍医長、小包が来ています、と言われて、見れば、祖父よりせんべい、砂糖豆の包みだ。大分《だいぶ》包装が痛んで中味が出ているが珍しい。唯《ただ》嬉しく食べた。

早朝入港の白鷹《しらたか》が持参したものらしい。弟正治、高橋智、石川の各氏よりも便りあり。

一一〇〇頃、第三関丸はラボールに向け出港。本艇一二〇〇、哨戒《しょうかい》に就《つ》く。相変わらず潜水艦情報は頻《しき》りに入る。

十二月十八日（金）

〇五〇〇、出港。一二〇〇まで哨戒。うねり高し。雲多い、涼しい航海だった。内田百閒著『菊の雨』を読む。随筆集である。

一二〇〇、山西丸に横着け、清水《せいすい》を補給す。

一、発《ハツ》白鷹艦長

第二文丸ハ、明十九日出港ノ山西丸ヲ赤道上東経一五〇度迄《マデ》護衛、帰途ムッサウ島偵察ノ上、ＲＯニ帰投スベシ。

一、護国丸、敵機ノ攻撃ヲ受《ウ》クルモ被害ナシ。

一、神川丸基地隊

敵機ロックヒード（註ロッキード）型一機、我《ワガ》基地ニ侵入、我之《ワレコレ》ヲ攻撃。東方一〇〇

○米《メートル》海上ニ之《コレ》ヲ撃墜セリ。我方《ワガホウ》被害ナシ。

十二月十九日（土）

一二〇〇、出港。RO哨戒部隊指揮官命令により、山西丸を赤道上まで送るため一路北上す。うねりあれど南方らしい静かな空と共に静かな航海である。山西丸は稍《やや》本艇より速度早く、之字運動をやりつゝ進む。護国丸は遂《つい》に敵爆弾命中。前部に当《あた》って小火災を起こせりと。敵は最近、盛《さかん》にゲリラ戦に出て敵潜水艦の出没烈《はげ》し。月恍々と冴《さえ》渡り、誰か故郷を思わざる。

十二月二十日（日）

穏《おだ》やかな航海は続く。飛び魚が四方に飛んで行く。

○七〇〇、赤道上に達す。赤道上と言うても別に標識があるわけではない。地図の上での話だ。予定地点に達したので本艇は反転南下す。山西丸からは盛《さか》んに帽を振って別れの挨拶《あいさつ》をしている。本艇からも帽を振って反礼。

敵潜水艦の出没する中、しかもどこを向いても果てしない青い海と空。その中をひとりぼっちになったのだ。「別れ」と言う感情がこゝにもこみあげてくる。唯々《ただただ》山西丸の無事なる航海を祈念《きねん》するのみ。

一〇〇〇頃、遥《はる》かに南方にムッサウ島の島蔭《しまかげ》が水平線に現われた。航海術の発達《はったつ》した、しかも優秀船に乗っていても、島蔭を見ると何か安心の気持になる。古《いにしえ》の探検家、航海者の心が偲《しの》ばれる。

一、十九日、主力艦一、巡、輸送船各数隻《セキ》ヲ以《モッ》テスル敵有力艦隊、ニューギニア南方ニ現ワル。最近、RXI方面ニ富《トミ》ニ熾《シ》烈《レツ》トナル敵航空部隊ノ活躍ト共ニ、敵ハ新ナル上陸作戦ヲ期《キ》スル算大《ダイ》ナルニ付《ツキ》、各部隊ハ厳重警戒セヨ。

一、十八戦隊ノ護衛スル護《ゴ》国丸《コクマル》、愛国丸、ブナニ於《オイ》テ強行荷役開始、大半揚陸《ヨウリク》セルモ敵機ノ来襲ト、護国丸ノ被害ノタメ、一部荷役不能。天龍《テンリユウ》収容人員、艦長以下三二六、戦死一九。

一、PPヨリ来《キタ》ル陸軍大船団《センダン》（八隻）……若鷹《ワカタカ》護衛……之《コレ》ニ赤道上ニ迎ヘントスル三十二駆、潜隊已《ステ》ニ東一四八度、南一・五度ニ達ス。

一六〇〇、ムッサウ島南西部の某島に到着、投錨。早速、艦長等と共に陸上に上陸。土人の案内でパパイヤ狩り。日の没するまで陸上散歩せり。航海中の如《ごと》くうねり高く、艇は横に揺《ゆ》れる。太公望《たいこうぼう》達が月光を浴びて盛《さかん》に魚釣《ぼう》りに熱中している。

十二月二十一日（月）

早朝より土人達がカヌーで押寄せる。ステテコをやったら鶏卵《けいらん》をくれた。パパイヤを沢山《たくさん》貰《もろ》うて〇六〇〇、転錨のため出港せり。

○七○○、東岸の上陸所附近より陸上に上る。大きなカヌーに土人が十七人も乗って艇にやってくる。艇長と共に土人達を引連《ひきつ》れて散歩。彼等《かれら》は一寸《ちょっと》無気味《ぶきみ》だが従順だ。土人達にパパイヤを取らせながら道路を抜けて部落の中に到《いた》る。カナカの女共は恐れて家の中にとじこもっている。五十位の土人の男、象皮病《ぞうひびょう》か。睾丸が人頭大に大きくなって、しかも傑作なのは陰茎の先に貝をはめて能々と歩いて来る。土人達は珍客が来たとて大喜びで盛《さかん》に奇声《きせい》を発《はっ》して喜んでいる。

パパイヤ、椰子《やし》の実《み》、椰子の葉で造ったゴザ。艇内には所狭しと一杯になった。往復二里《にり》ばかり暑い中を漁歩《あさりあるい》てしまった。土人達の歓待の中に楽しい一日を過ごしたり。

一八○○、RO帰投のため一路南下す。月光、十四夜《じゅうよんや》の光を浴びて夜航海は続く。

発《ハッ》島田参謀《サンボウ》、宛《アテ》ガ号作戦部長。

十九日、捕虜《ホリョ》（艦爆搭乗少尉）ノ訪問情報。

十二月十五日現在、ガダルカナル島兵力、挟撃隊《キヨウゲキタイ》約三万。飛行機B-17一○―一五機。エアーコブラ一○機。F4F五○型一○機。其他《ソノタ》ロッキード一○―一五機。其他、戦四機、艦《カン》爆《バク》数機。

現在、ガダルカナル島ニハ旧飛行場合ワセテ三アリ。ルンガ河西、東ニアリ。而《シカ》シテ飛行場附近ニハ高角砲《コウカクホウ》四○―五○アリ。

一般ニ士気衰《オトロ》エ、将《マサ》ニ艦爆搭乗員ノ不足、粗走ヲ来《キタ》シ、一日一回位上空飛行スル。

＊象皮病《ぞうひびょう》……皮膚《ひふ》が象の皮のように厚くなり、肥大《ひだい》する病気。住血吸虫《じゅうけつきゅうちゅう》の寄生《きせい》による。

十二月二十二日（火）

○五○○、入港。○九○○頃、陸上に上陸。十二設営隊病舎を訪れ、軍医長藤原中尉に面会《めんかい》。更《さら》にカビエン南貿売店出張所にて、シャツ一を求めた。更に兵と共に民生部農園に遊んで一二○○頃帰艇。昼食《ちゅうしょく》は昨日、島民より貰《もら》った鶏《にわとり》のスープ、美味《おい》しかった。

第二文丸《フミマル》ハ明二十三日一二○○、RO発《ハッ》トラック行ノ豊光丸ヲ三○浬《カイリ》護衛スベシ。発白鷹艦長。

何か気分の良い一日だった。暑さは身に沁《し》む。陸上を散歩せしためか、しばらく内地より雑誌が来ぬがさびしい。

発八根司令官。最近暫《シバラ》ク敵機ノ空襲《クウシユウ》、ラボール方面ニ見エザリシニ昨日、B-17型機、ラボール上空ニ侵入。港内船舶、港湾施設ニ偵察、詳細ナル報告ヲRZQニ送ル。今後ノ空襲ニ厳《ゲン》ニ警戒セヨ。

今日は内地は冬至《とうじ》でユズ湯、さぞ空《むな》しい事だろうが、当《とう》地方は全く逆である。一日中パパイヤの食《たべ》続けである。

(1) 愛国丸《アイコクマル》、被害左ノ如《ゴト》シ。

ガダルカナル島のヘンダーソン飛行場

戦死一一、重傷二一、軽傷三八。第八工作部（山彦丸《ヤマビコマル》）ニヨリ応急《オウキユウ》修理。約二十日。
但《タダシ》、爆雷《バクライ》投与、航海ニハ差支《サシツカ》エナシ。
（2）富士山丸ハ速《スミヤカ》ニＲＸＥニ回航、重油ヲ東亜丸《トウアマル》ニ移載《イサイ》。ＲＲ発応急《ハツオウキユウ》修理ノ為メ横浜ニ回航修理スベシ。

十二月二十三日（水）

一〇〇〇頃、珍しくも敵機一、上空に飛来、偵察す。高度高く我が防空砲火も戦闘機も間に合いそうもなし。

土人が大きな蟹《かに》や海老《えび》、それに六尺位のワニを一尾持参す。この附近のマングローブの繁《しげ》みの下に居《い》たのを捕まえたらしい。死んではいないが、直接見たのは生来初めてだ。矢張《やは》り口はものすごい。兵が煙草《たばこ》三十個程与えて求めて、土人に皮をはがさせた。ハンドバックが出来そうだ。

一二〇〇、出港。豊光丸（食糧船）を護衛、北上す。豊光丸は途中トラックに寄港、横須賀に帰る由《よし》。一六〇〇、ニューハノバー島東寄りで護衛を中止す。豊光丸乗員総出で別れの手を振っている。内地へ帰れるので嬉しい事だろう。カビエンで怪我《けが》した慰安婦が乗っていると見えて「サヨーナラ〳〵」と黄色い声を与える。我等《われら》も総員手を振ってこれに応《こた》えた。

発豊光丸、宛第二文丸。

御厚情《ゴコウジヨウ》ヲ感謝ス。貴艇《キテイ》ノ御健闘《ゴケントウ》、御健在ヲ祈ル。

内地の事ども思わるゝ。内地へ帰る人。それを見送る人。差は大きいとはこの事か。

一七〇〇、附近の島蔭《しまかげ》に投錨《とうびよう》。盥《たらい》の様に大きい真円い月が東の空を明るくしている。

発島田参謀長、宛ガ号作戦部隊。

本日一一一五、敵B－17二、戦闘機三来襲セリ。

十二月二十四日（木）

〇五〇〇、抜錨《ばつびよう》。カビエンに向け出港。一〇〇〇、カビエン着。投錨《とうびよう》、仮泊《かはく》せり。

十二月二十五日（金）　大正天皇祭

大正《たいしよう》天皇祭の休日と言うので、我々も一日艇内で休業す。兵員室でレコードをかけてなごやかな気分をかもし出す。正月も近附いたので餅《もち》をつかねばならぬと、兵達がキネを作った。早速、艇で餅つきの試演。オスタップが臼《うす》の代用では一寸《ちよつと》餅にならず。ボタ餅が出来てしもうた。この試演《しえん》はどうやら失敗せるものの如《ごと》し。
○七三〇、白鷹入港。○八一五、第三関丸入港。なつかしき弟妹より便りあり。新聞、雑誌が沢山届いた。高橋君よりも映画雑誌到着。嬉しかりき。
一〇〇〇、病院船高砂丸《たかさごまる》入港。午後、高砂丸に石井軍医中尉（同期）を訪ね、軍医学校以来初めて会《あ》い、種々懇談《こんだん》せり。虎屋《とらや》の羊羹《ようかん》その他菓子類を求む。病院船の中の立派なのには驚き入る。せめて現役中一度は乗って見たい。
一五三〇、メーウェー泊地（艦隊泊地）に転錨す。

十二月二十六日（土）
○九〇〇頃、敵ボーイング一機、上空に飛来、偵察す。
○五〇〇、出港。途中、引き釣りをやっていたら、鰹《かつお》が二匹同時にかかったが、艇は高速で走っているものだから逆に逃がす。
機関長、「とうとう昼《ひる》の刺身を喰いそこねたわい」と残念がること。鰹の群が数ヶ所見える。
○七一五頃、カビエンの何時《いつ》もの泊地に投錨す。午後半舷上陸員と共に上陸。守備隊軍医長及藤原中尉、辰沼中尉等《ら》と逢《あ》う。

十二月二十七日（日）

一日警泊《けいはく》のまま。休業日課でレコードをやったり、慰問袋の玩具を戯《あそ》んで無為《むい》の一日を送った。夕映《ゆうばえ》が空一杯、真赤に彩《いろど》られている。

十二月二十八日（月）

朝来、雲多く涼しい。昼《ひる》より終《つい》に雨となった。今日も出港せず一日ぼんやりと日を送る。正月が日一日と迫るのに何の思いもない。唯歳《ただとし》が一つ増えるのかと思うと厭《いや》である。段々年よりになるのか。昨夜二一〇〇、寝に就《つ》いた途端、当番《とうばん》兵が「空襲」と起こしに来た。急遽《きゅうきょ》、後甲板に出て見たが、爆音らしきもの聞こえず。唯《ただ》、今しがた出たばかりの月が気味悪気《きみわるげ》にどんより光っている。

あきらめてまた寝に入る。うつら〳〵していた時、さて十時半頃であったろうか。パン〳〵、ズシーン〳〵〳〵と異様な音が私の室の舷窓から入る。さては敵機が侵入して投弾したな。大分《だいぶ》艇の近くに落ちたらしい響だ。すぐ寝巻姿のまま、甲板に出れば相当《そうとう》低空であろう、ブーン〳〵と飛行機の音が耳に入る。地上の探照燈《たんしょうとう》はこれこそ捕えねばと、盛《さか》んにあの光芒《こうぼう》を月夜の空に、獲物《えもの》を求めて動かしているが仲々つかまらぬ。本艇の上空に来た。左に廻旋《かいせん》、陸上に行った。彼は爆撃コースに這入《はい》ったらしい。高度大分低い。探照燈《たんしょうとう》は一生懸命になって探す。

あ、這入《はい》った。丁度《ちょうど》、民生部農園の上空あたりだ。双発《そうはつ》の飛行艇の様なもの一機、猛烈な勢いで投弾。我が防空砲火は花火の様に上がるけれど低空のためか、残念ながら当《あた》らず。敵は効果を見届けんとするためか、更《さら》に爆撃せんとするのか。本艇上空、更に海上と、肉眼でも見える高度で飛び廻ること一時間位。「シャクに障《さわ》る」とはこの事だ。

探照燈《たんしょうとう》は盛《さかん》に活躍するも入らず、されど十一時半頃、遂に何処《どこ》かに去る。後の話によると、陸上には全然被害なき由《よし》。然《しか》し、自分の上空を飛んでいる間は誠に薄気味が悪い。

十二月二十九日(火)

重油、水不足せる結果、当分《とうぶん》出港せず。涼しい一日も何の事もなくぼんやりと過ぎた。一日でも生きればそれに越した事はない。半日、年賀状を書いて暮らしてしまった。夕刻、兵と共に慰問袋で貰うた「防空ゲーム」なるものをやって子供の様に遊ぶ。

陸上では探照燈が盛《さか》んに演習をやっている。

十二月三十日(水)

一日一日と正月がせまる。生まれて初めて戦線で迎うる正月。新なる感慨あり。

〇七三〇、出港。カビエン南桟橋《さんばし》に横付け、十二設営隊より清水《せいすい》補給。同時に同桟橋に横付け荷役中のガソリン船第二菱丸より重油の補給を受《う》く。艇の方もこれで正月の万端《ばんたん》準備が出来るわけだ。午後三時、横付けを離すというので、兵員達をやって門松《かどまつ》の笹と松、正月用の野菜類を陸上に取りにやる。

○九〇〇頃、空襲警報あるも敵姿なし。午後は附近の海岸で兵達十二、三名引率、水泳をやった。久し振りで泳いだので体の疲労多し。

一五一五、いつもの碇泊地《ていはくち》に到《いた》る。門松も両本のマストの上と舷門《げんもん》に、更《さら》に機械室、艦《かん》橋《きょう》等、賑《にぎや》かに建てられる。糯米《もちごめ》もすっかり手入れして明日の餅つきを待つばかりである。鰹《かつ》節《おぶし》、鰹《かつお》等も手に入る。正月を迎える準備、全《まった》くここに成る。従って正月が来るぞという感じが出た。嬉しくも楽しくもあり。

夕食は士官室では忘年会張りにビールで宴《うたげ》を張った。夕食後、二人熱患者ありとの看護兵の知らせで診《しん》するに、一名は気管支炎を起こし、ラッセル音が左前胸部に聴こゆ。他の一名、三十九度一分あるも感冒らしく、大した著変《ちょへん》なかりき。正月を迎えんとするに病人発生《はっせい》とは残念。軍医官としても二年越しの病人もちたくなし。早く治してやりたし。

明後日は一月一日と言うに、今頃の東京の我家、父母弟妹はどんな日を送る事やら。幸多き昭和十八年の春を迎え給《たま》え。

遥《はる》かに祈る。

十二月三十一日（木）

今日で愈々《いよいよ》昭和十八年、皇紀《こうき》二六〇二年も最後《さいご》の土壇場《どたんば》となった。皇国《こうこく》日本の多端《たたん》な一年。顧《かえりみ》れば日本の偉大なる変化には驚くばかりである。二年前の我々は今日の日本あるを誰が予想した事だろうか。沁々《しみじみ》と自分の生甲斐《いきがい》を感ずるものである。

栄《さか》ゆる国《くに》にあえらく思えば〜〜と古人《こじん》の詠《よ》める。全く今日のときと同じであろう。私も、私の一生の二十三歳は今日限りである。二十三歳は私には二度も来ないのである。今日の日課も越年準備である。大掃除、甲板洗方《かんぱんあらいかた》、整頓等万端清浄に。

南方第一線での正月は完全に迎えられんとす。

〇九〇〇頃、突如《とつじょ》、ボーイング一機、悠々《ゆうゆう》上空に深入《しんにゅう》。高度、割合低く、偵察して去る。潜水艦情報盛《さか》んに入る。北緯一〇度、東経一四八度辺で、我が輸送船一、雷撃命中の電報入る。セントジョージ岬沖にも敵潜出没せる由。午食後、兵員達にも風呂をわかして一年の戦塵《せんじん》を洗い落とさせた。二時頃から愈々《いよいよ》、陸上から借りて来た臼《うす》とセイロで餅つきが始まる。腕強きが沢山《たくさん》居るので忽《たちま》ち仕事が運ぶ。残念ながら糯米《もちごめ》が悪いので良い餅が出来ない。

勝つ為へ　どんな苦労も　面白く

快調なキネの音。正月気分はそれだけで横溢《おういつ》する。私も一臼《ひとうす》、キネを振上げてついた。私の家でも父や弟達がついた事だろう。

聯想《れんそう》は唯々、我が家に走るばかりだ。おそなえも仲々綺麗《きれい》に出来上がった。夕食は鏡餅とお志《し》るこで舌鼓《したつづみ》を打つ。忘年会《かい》をやろうと一升壜《いっしょうびん》を出していて用意していた三時四十五分頃、第三関丸艇長より命令あり。オジャンになる。

即《すなわ》ち、直《ただち》に出港。メーウェー泊地に行って七戦隊の警戒にあたることになったのだ。名残《なご》りの酒を後甲板士官室の机におそなえと共にかざって越年《えつねん》す。戦地では一夜《いちや》かざりも何もなし。正月用として我々士官には酒保《しゅほ》より酒二升、ビール一本の配給あり。夜は今にも雨でも来そうな暗雲閉ざし、涼しくも暗い夜。静かに昭和十七年の暮が経《た》って行く。星の数も少ししか見えぬ。

陸上では空襲を警戒してか、探照燈《たんしょうとう》の光芒《こうぼう》が夜空に二条《じょう》立っていた。三関丸の池田軍医《ぐんい》少尉よりブナ、ガダルカナル方面の我が軍の悲壮なる模様を一寸《ちょっと》耳にする。

ブナ方面警備隊指揮下発電報に依《よ》ると、去る二十六日、敵の反撃ものすごく、我方《わがほう》が死守する飛行場目がけて敵は戦車五、六台を先頭に三百名位来襲。味方は食糧不足で疲弊《ひへい》せる兵は高射砲を平射《へいしゃ》でこれを迎え撃《う》つも、遂《つい》に支《ささ》えきれず後退の止《や》むなきに至りたると。各人肉《にく》弾《だん》を以《もっ》て向かうも終《つい》に我《われ》に利あらず。皇国《こうこく》の隆昌《りゅうしょう》を祈る。航空部隊、陸軍部隊の今迄の御協力を深謝す、の電報を発《はっ》せりと。

何たる悲痛なりや。涙なくしてこれが聞かりょうか。

私も同じ一線でも、餅つきまでして正月を迎え得るとは何たる幸福であろう。こうした悲壮な前線兵の苦労を内地の人々にも聞かしてやりたい。また、ルンガ沖夜戦《やせん》に出撃せる「殊勲《しゅくん》」を立てた巻波乗組《まきなみのりくみ》の某准士官《ぼうじゅんしかん》の話に依《よ》ると、自分はガダルカナル方面で夜ばかり行動するので、ガダルカナルの山形を知らずと。某日《ぼうじつ》、ガダルカナル島某地に到《いた》るや陸上の兵達が、しかも栄養不足となれる者共が青白いとろりとした顔で「船に乗せてくれ、ラボールに帰してくれ」と黒山になって哀願するそうな。何たる悲痛な。

実際、人の話に依ると、ガダルカナル島の我が軍は思う様に食糧も続かず、為に病人続出。椰子《やし》も喰《く》い尽《つ》くし、ありとあらゆる食べ物は食いつぶされ、トカゲまで喰《く》うて継《つな》いでいたそうだ。気の毒と言うより外《ほか》はないが悲しむべし。

弾丸《たま》に当たって死ぬは本望《ほんもう》なるも、飢えて死にたくはなし。必ずや、憎むべし敵米英、最《さい》後《ご》の止《とど》め刺《さ》すまでは断じて死せず。

敷島《しきしま》の　栄《さか》ゆる國《くに》に　生《う》まれ来《こ》し
　あな尊《とうと》しや　一《ひと》とせのあと

＊敷島《しきしま》……崇神《すうじん》・欽明《きんめい》両天皇が都を置いた大和国磯城郡《やまとこくしきぐん》の地名。大和の異称。日本国の異称。
＊ひととせ……一年間のこと。

第五章――次室士官心得

これから紹介する「次室士官心得」は、日記の冒頭に書かれていたものである。初めは兄の創作かと思ったが、海軍の何も知らぬ学校を出立ての者が書ける内容ではないと気付き、その出自を知りたくなった。それに意味不明の海軍用語や、どうしても判読出来ない文字が知りたいと長いこと思い続けていた。海軍で作られたものなら必ず世のどこかにある筈《はず》だ。出版を決めてからは必ず探し出そうと思っていた。

執筆さなかのある日、東京・神保町の軍事専門の古書店に入った。そこで最初に手に取った本、それが以下に引用するものである。兄の遺した日記のものと殆《ほとん》ど変わらない文章が全文載っている。読めなかった文字も書いてある。これはしめたものだと思った。

次に、もう少し分かりやすく噛み砕いて、しかも海軍用語の説明が入ったものはないかと二冊目を探すべく後の棚に目をやった。そこで一番目に手に取った本、それはまさに求めていた通りのものだった。

なんたる偶然なのか！

実は、この手の本を探しにこの店を訪れたのは三回目であった。だが、過去二回は収穫なしで諦めかけていたのである。

私はこの偶然の「巡り合わせ」に驚くと共に、長いこと探していた本が手に入った喜びに小躍りしたい気分になった。思わず店主に礼を言ってしまった。店主は、良かったですねぇ、とニッコリしてくれた。私は、欲しかったおもちゃを手に入れた子供のような満足感と、私とこの二冊の本とを引き合わせたのは兄なのかという複雑な思いの中で帰宅したものである。

さて、『海軍人造り教育』（実松譲著、光人社刊）によると次のような説明がある。

「……昭和十四年五月、練習艦隊司令部は、近く乗艦する候補生に配布するため、『次室士官心得』という冊子を印刷した。この心得は、それまでの練習艦隊における歴代の司令官、艦長及び指導官などの候補生に対する訓示・メモなどを集大成したものらしい。

次室士官とは、別の名を初級士官またはガンルーム士官という。ガンルームはワードルームに次ぐ士官室、つまり士官次室であり、この室に属する者が次室士官、または初級士官である。——中略——実務練習のため連合艦隊の艦船に配乗された後、初級士官としていかにあるべきかを第一から第七に区分し、微に入り細にわたり懇切丁寧に教示している」

現代の指導者——政治家、組織幹部への戒《いまし》めとして今でも有用であると思う。失われつつある人間秩序の回復のためにも……。

次《ジ》室《シツ》士官心得

第一　艦内生活一般心得《ココロエ》

一、初級士官ハ一艦軍規風紀ノ根元《コンゲン》、士気元気ノ源泉タル事ヲ自覚シ、青年ノ特徴元気ト熱、純心サヲ忘ルベカラズ。

二、士官トシテ品位ヲ常ニ保チ、常ニ簡潔タレ。自己ノ修養ハ勿論《モチロン》、嚴正《ゲンセイ》ナル態度動作ニ心掛ケ、功利打算ヲ脱却シテ清廉潔白《セイレンケッパク》ナル気品ヲ養フコトハ、武人《ブジン》ノ最モ大切ナル修養ナリ。

三、廣量大度《コウリヨウタイド》、精神爽快《ソウカイ》ナルベシ。狭量ハ軍隊ノ一致ヲ破リ、陰鬱《インウツ》ハ士気ヲ阻害《ソガイ》セシム。急《イソガ》シイ艦務中ニ延《ノ》ビ〳〵シタ気分ヲ決シテ忘ルナ。細心ナルハ勿論必要ナルモ、コセ〳〵スルコトハ禁物ナリ。

四、礼儀正シク敬礼ハ嚴格ニセヨ。

初級士官ハ「自分ハ海軍ノ最下位デ何モ知ラヌノデアル」ト心得《ココロエ》、親シキ中ニモ礼儀ヲ守リ、上ノ人ノ顔ヲ立テヨ。良カレ悪シカレ兎《ト》ニ角《カク》「ケプガン」ヲ立テヨ。

五、旺盛ナル責任観念ノ中《ウチ》ニ常ニ生キヨ。是《コレ》ハ士官トシテノ最大ノ要素ダ。命令ヲ下《クダ》シ、若《モシ》クハ之《コレ》ヲ傳達《デンタツ》スル場合ニハ必ズ其遂行《ソノスイコウ》ヲ見届ケ、爰《ココ》ニ始メテ責任ヲ果タシタルモノト心得《ココロウ》ベシ。

六、犠牲的精神ヲ発揮セヨ。大《オオイ》ニ縁《エン》ノ下ノ力持トナレ。

七、初級士官ハ是《コレ》カラガ本当ノ勉強時代。一人前ニナリ、吾事《ワガコト》成レリト思フハ大ノ間違ヒナリ。公私ヲ誤《アヤマ》リタル糞《クソ》勉強ハ我等ノ慾《ホッ》セザル処《トコロ》ナレドモ、学術方面ニ、技術方面ニ修得セナケレバナラヌ処多シ。急《イソガ》シク艦務ニ追ハレテ是《コレ》ヲ蔑《ナイガシロ》ニスル時ハ悔《クイ》ヲ来《キタ》ス時アリ。急《イソガ》シイ間ニコソ緊張裡《リ》ニ修行ハ出来ルモノナリ。寸暇《スンカ》ノ利用ニ努ムベシ。常ニ研究問題ヲ持チ、平素ニ於《オイ》テ常ニ一個ノ研究問題ヲ自分ニテ定メ、之《コレ》ニ対シ成果ノ捕捉ニ努メ、一纏《ヒトマト》メトナリタル処《トコロ》ニテ是《コレ》ヲ記《シル》シ置キ、一ツ一ツ種々ノ問題ニ對《タイ》シテ斯《カク》ノ如《ゴト》クシ置キ、後日再ビ之《コレ》ニ就《ツイ》テ研究シ、気付キタル事ヲ増加訂正シ、保存シ置ク習慣ヲ作レバ物事ニ對《タイ》シ、思考力ノ養成トナルノミナラズ、思ハザル参考資料ヲ作リ得ルモノナリ。

八、少シ艦務ニ習熟シ、己《オノ》ガ力量ニ自信ヲ持ツ頃トナルト、先輩ノ思慮、円熟ナルガ却《カエッ》テ愚《オロカ》ト見ユル時来《キタ》ルコトアルベシ。是即《コレスナワ》チ慢心ノ機ニ臨《ノゾ》ミタルナリ。此《コノ》慢心ヲ断絶セズ増長ニ任ジ、人ヲ侮《アナド》リ、自ラ軽ンズルトキハ技術学芸共ニ退歩シ、遂《ツイ》ニハ陋劣《ロウレツ》ノ小人タルニ終ルベシ。

九、オヅ〳〵シテヰ《イ》テハ何モ出来ヌ。図々《ズウズウ》シイノモ不可ナルモ、オヅ〳〵スルノハ尚見苦シク、信ズル処《トコロ》ヲハキ〳〵行ッテ行クノハ我々ニトリ最モ必要デアル。

一〇、何事ニモ骨惜《ホネオシ》ミヲシテハナラナイ。乗艦当時ハ左程《サホド》デモナイガ、少シ馴《ナ》レテ来ルト兎《ト》ニ角《カク》骨惜ミスル様ニナル。当直ニモ分隊事ムニモ骨惜ミヲスルナ。如何《イカ》ナル時デモ進ンデヤル心懸《ガ》ケガ必要ダ。身体ヲ汚スノヲ忌避《キヒ》スル様デハモウオシマヒナリ。

一一、青年士官ハ「バネ」仕掛《ジカケ》ノ様《ヨウ》ニ働カナクテハイケナイ。上官ニ呼バレタトキ、直《ス》グ駈《カケ》足《アシ》デ近ヅキ敬礼、命《メイ》ヲ受《ウ》クレバ一礼、直《タダ》チニ実行ニ着手スル如《ゴト》クアルベシ。

一二、上官ノ命《メイ》ハ気持ヨク笑顔ヲ以《モッ》テ受ケ即刻実行セヨ。如何《イカ》ナル困難ガアロートモ、折角《セッカク》ノ上陸ガ出来ナカロート命《メイ》ヲ果《ハタ》シ、「ヤ御苦労」ト云《イ》ハレタ時ノ愉快サハ何トモ云《イ》ヘヌ。

一三、不関旗《フカンキ》ヲ挙《ア》ゲルナ。非常ニ一生懸命ヤッタコトニ付《ツイ》テ、手酷《テキビ》シク叱《シカ》ラレタリ、平素カラワダカマリガアッタリシテ、不関旗ヲ揚《ア》ゲルト云《イ》フ様《ヨウ》ナ事ガ間々《ママ》アリ勝《ガ》チダガ、之《コレ》ハ慎《ツツシ》ムベキコトダ。自惚《ウヌボ》レガ余リ強スギルカラダ。不平ヲ云フ前ニ無條件ニ有難イト思フテ間違ヒハナイ。

ドウデモ良イト思フナラ、誰ガ余計ナ憎マレ口ヲ叩《タタ》カンヤ、デアル。意見ガアッタラ蔭《カゲ》デ「ブツブツ」云ハズ、順序ヲ経《ヘ》テ意見具申《グシン》ヲナセ。之《コレ》ガ用《モチ》ヒラント否《イナ》ハ別問題。

一四、用イラレナクトモ不平ヲ云ハズ、命令ニハ絶対服従スベキハ云フ迄《マデ》モナイ。

　晝間《ヒルマ》ハ諸作業ノ監督巡視、事務ハ夜間ニ行フ位ニスベシ。事務ノ忙《イソガ》シイトキデモ午前午后、必ズ一回受持ノ部ハ巡視スベシ。

一五、「事件即決」「モットー」ヲ以《モッ》テ物事処理ニ心掛《ガ》クベシ。「明日ヤロー」ト思ッテ居《イ》ルト、結局何モヤラズニ沢山《タクサン》ノ仕事ヲ残シ、仕事ニ追ハレル様《ヨウ》ニナル。要スルニ仕事ヲ「リード」セヨ。

一六、成スベキ仕事ヲ沢山《タクサン》背負ヒ乍《ナガ》ラ忙《イソガ》シイ〱ト云ハズ、片付ケレバ案外容易ニ出来ルモノナリ。

一七、物事ハ入念ニヤレ。委任サレタ仕事ヲ「ラフ」ニヤルノハ、其人《ソノヒト》ヲ侮辱《ブジョク》スルモノナリ。遂《ツイ》ニハ信用ヲ失ヒ、人ガ仕事ヲ委《マカ》セヌ様《ヨウ》ニナル。

　又青年士官ノ仕事ハ、六ケ敷《ムツカシ》クテ出来ナイト云《イ》フ様ナモノハナイ。努力シテヤレバ大抵ノコトハ出来ル。

一八、「シーマンライク」ノ修養ヲ必要トス。動作ハ「スマート」ナレ。一分一秒差ガ結果ニ大影響ヲ与フルコト多シ。

一九、海軍ハ頭ノ鋭敏ナルヲ要スルト共ニ、忠実ニシテ努力精勵《セイレイ》ノ人ヲ望ム。一般海軍常識ニ通ズルコトガ肝要。カヽルコトハ一朝一夕《イッチョウイッセキ》ニハ出来ヌ。常々カラ心掛ケオレ。

二〇、要領良イト云《イ》フ言葉ヲヨク聞クガ、余リ良イモノデナイ。人前デ働キ、蔭《カゲ》デズベル人ニ対スル尊稱《ソンショウ》デアル。吾人《ゴジン》ハ決シテ表裏ガアッテハナラヌ。常ニ正々堂々ヤラネバナラヌ。

二一、毎日各室ニ回覧スル書類（板挟ミ）ハ必ズ目ヲ通シ捺印《ナツイン》セヨ。行動作業ヤ当直ヤ人事ニ関スルモノデ、直接必要ナルモノガ沢山アル。必要ナコトハ必ズ手帳ニ抜書《ヌキガキ》シテ置キ、之《コレ》ヲヨク見テ居《オ》ラヌ為ニ当直勤務ニ間誤《マゴ》ツイタリ、大切ナ書類ノ提出期日ヲ誤ッタリスルコトガアル。

二二、手帳ハ常ニ持ッテ居《オ》レ。之《コレ》ヲ自分ニ最モ便利ヨキ如《ゴト》ク工夫スルトヨイ。

二三、上官ニ提出スル書類ハ常ニ自分デ差出ス様ニスベシ。上官ノ机ノ上ニ放置シ、甚《ハナハ》ダシクハ従兵《ジュウヘイ》ニ持参セシメル様《ヨウ》ナ不心得者ガ間々《ママ》アル。上官ハ之《コレ》ニ對《タイ》シ質問サレルカ知レズ、訂正サレルカ知レヌ。コノ点疎《オロソ》カニシテハナラヌ。

二四、提出書類ハ早目ニ完成シ提出セヨ。提出期日ギリ〳〵ニ、或《アルイ》ハ提出催促《サイソク》サレルガ如《ゴト》キハ恥デアリ、又間違ヒヲ生ズル基《モト》ナリ。艦長、副長、分隊長等ノ捺印《ナツイン》ヲ乞《コ》フトキ、無断デ捺印シテハイケナイ。又捺印ヲ乞《コ》フ事項ニ就《ツイ》テ質問サレテモ間違ハヌ様《ヨウ》、準備調査シテ行クコト必要。捺印ヲ受クベキ場所ヲ開イテオクカ、又ハ紙ヲ挟《ハサ》ムカシテ分《ワカ》リ易《ヤス》クシテ「艦長、何々ノ捺印ヲ戴《イタダ》キマス」ト申出デ、若《モ》シ艦長カラ「捺印シテ行ケ」ト云《イ》ハレタトキハ、自分デ捺《オ》シテ「御印戴《イタダ》キマス」ト届ケテ引下《ヒキサガ》ル。印箱ノ蓋《フタ》ヲ開《ア》ケ放《ハナ》シニシテ出ルコトノナイ様《ヨウ》ニスベシ。

二五、軍艦旗ノ揚降《ヨウコウ》ニハ必ズ上甲板ニ出《イ》デ拝《ハイ》セヨ。

二六、何ニツケテモ次室士官分相應《ブンソウオウ》ト云《イ》フコトヲ忘レルナ。

二七、煙草盆《タバコボン》ノ折椅子《オリイス》ニハ腰ヲ卸《オロ》スナ。次室士官ハ腰掛《コシカケ》デアル。

二八、煙草盆ノ所デ腰掛ケテヰ《イ》ルトキ、上官ガ来タナレバ立ッテ敬礼セヨ。

二九、機動艇ハ勿論《モチロン》、汽車電車ノ中、講話場ニ於《オイ》テ上級者来ラレタラバ直《タダチ》ニ立ッテ席ヲ譲《ユズ》レ。知ラヌ顔ヲシテヰ《イ》ルノハ最モ不可。

三〇、出入港ノ際ハ必ズ受持チノ場所ニ居《オ》ル様ニセヨ。出港用意ノ号音ニ驚イテ飛ビ出ス様デハ心掛《ガ》ケ悪シ。

三一、諸整列ガ予メ分《アラカジワカ》ッテヰ《イ》ル時、次室士官ハ下士官兵ヨリ先ニ其《ソノ》場所ニアル如《ゴト》クセヨ。

三二、何カ変事ガ起《オコ》ッタトキ、又何カ変ッタ事ガ起ルラシク思ハレル時ハ、晝夜《チユウヤ》ヲ問ハズ第一番ニ飛ビ出シテ見ヨ。

三三、艦内デ種々ノ競技ガ行ハレタリ、又演芸會《カイ》ナド催《モヨホ》サレル際、士官ハ成可《ナルベ》ク出テ見ルコト。下士官兵ガ一生懸命ヤッテヰ《イ》ルトキ、士官ハ勝手ニ遊ンデヰ《イ》ル様《ヨウ》ナコトデハ面目《メンボク》ナイ。

三四、短艇《タンテイ》ニ乗ルトキニハ、上ノ人ヨリ遅レヌ様《ヨウ》ニ早クカラ来ルコト。若《モ》シ遅レル様《ヨウ》ナ場合ニハ「失礼致シマシタ」ト上ノ人ニ断レ。自分ノ用意ガ遅レテ定期ヲ待タスガ如《ゴト》キハ以《モッ》テノ外《ホカ》デアル。カヽルトキハ断然ヤメテ次ヲ待ツベシ。

短艇ヨリ上ル場合、上長ヲ先ニスルコト云《イ》フ迄《マデ》モナシ。同ジ次室士官デモ先任者ヨリ先ニセヨ。

三五、舷門ハ一艦ノ玄関口ナリ。其《ソノ》出入ニ際シテハ服装ヲ整ヘ、番兵ノ職権ヲ尊重セヨ。雨天デナイトキ、雨衣ヤ引廻《ヒキマワシ》ヲ着タマヽ出入シタリ、答礼ヲ缺《カ》ク者往々アリ。注意セヨ。

＊次室士官《ジシッシカン》、ケプガン、ガンルーム……大きな軍艦の中で、各科の長や分隊長のような佐官や大尉はそれぞれ個室を持ち、休息や食事の時の集会所として共有の士官室というサロンを持っていた。その他の士官達には「士官次室」があり、これには第一次室と第二次室に分かれる。第一次室は学校出の中尉や少尉の部屋で、第二次室は兵隊から上がって来た「特務士官」や准士官の部屋と区別され、ガンルーム（Gun Room、日記文中、七月四日に記述あり）は第一次室の俗称である。
中世までは軍艦の艦載砲は、上甲板や中甲板に据えられて敵艦の横っ腹を撃つように作られていたから、ガンルームの語源は中甲板の砲室をそれに当てたところから来ると言われている。ガンルームに属する士官は、第一士官次室士官だが、長いので「次室士官」と呼ばれる。妻子持ちの古参中尉や軍医もいるが、バリバリの学校出で海軍兵学校を出たばかりの士官候補生もいて、艦内の元気の中心的存在であった。この部屋のボス

は最先任の士官で「ケプガン」と呼ばれ、次室士官の心得にも「ケプガンを立てよ」と記されているが、正体不明の言葉である。明治の海軍はイギリスの海軍用語をそのまま使いながら、いつの間にか日本なまりにして同化してしまう癖があるから、「Cap of Gunroom」のなまりでもあろうか。

＊士官《シカン》……将校《しょうこう》のこと。将官《しょうかん》、佐官《さかん》、尉官《いかん》をいう。

＊准士官《ジュンシカン》……尉官と下士官の間の位。下士官から昇進した下級幹部で、海軍では兵曹長《へいそうちょう》がこれに当たり、士官待遇を受けた。

＊下士官《カシカン》……士官と兵との間に位置する下級幹部。海軍では上等兵曹、一等兵曹、二等兵曹等の総称。

＊副長《フクチョウ》……軍艦の艦長を補佐する役。

＊陋劣《ロウレツ》……心性が卑《いや》しく汚いこと。

＊不関旗《フカンキ》……他艦と行動を共にせず、または行動を共に出来ない事を意味する信号旗。転じてそっぽを向く事をいう。

＊ズベル……さぼる。

＊定期《テイキ》……湾内定期連絡用舟艇《しゅうてい》。

＊短艇《タンテイ》……内火艇。カッター。ボート。

＊引廻《ヒキマワシ》……襟《えり》がなく裾《すそ》の広い外套《がいとう》（とんび、インバネス）。

第二　次室《ジシツ》ノ生活ニ就《ツイ》テ

一、我《ガ》ヲ張ルナ。自分ノ主張ガ間違ッテヰ《イ》ルト気付ケバ片意地ヲ張ラズ、アッサリト改メヨ。我《ガ》ヲ張ル人ガ一人デモ居《オ》ルト、次室ノ空気ハ破壊サレル。

二、朝起キタラ直《タダチ》ニ挨拶《アイサツ》セヨ。之《コレ》ガ室内ニ明ルキ空気ヲ漂《タダヨワ》ス第一誘因ダ。

三、次室ニハ夫々《ソレゾレ》特有ノ気風ガアル。良キモ悪《ア》シキモアル。悪イ点ノミヲ見テ奮慨《フンガイ》シテノミ居《イ》テハナラヌ。神様ノ集マリデハナイカラ悪イ点モアルデアロウ。カヽルトキハ確固タル信念ト決心トヲ以《モッ》テ、自己ヲ修《オサ》メ同僚ヲ善化セヨ。

四、上下ノ区別ヲハッキリセヨ。親シキ仲ニモ礼儀ヲ守レ。

自分ノ事バカリ考ヘ、他人ノ事ヲ省《カエリ》ミナイ様《ヨウ》ナ精神ハ團体《ダンタイ》生活ニハ禁物。自分ノ仕事ヲヨクヤルト同時ニ、他人ノ仕事ニモ理解ヲ持チ便宜《ベンギ》ヲ与ヘヨ。

五、同級者ガ三人モ四人モ同ジ艦ニ乗リ組ンダラソノ中ノ先任者ヲ立テヨ。「クラス」ノ者ガ次室内デ党ヲ作ルノハ宜敷《ヨロシ》クナイ。全員ノ和衷《ワチユウ》協力ハ最モ肝要ナリ。利己主義ハ唾棄《ダキ》スベシ。

六、健康ニハ特ニ注意シ、若気《ワカゲ》ニ任セテ不《フ》摂生《セッセイ》ハ禁物。健全ナル身体ナクシテハ充分ナル御奉公《ゴホウコウ》出来ズ忠孝ノ道ニ背《ソム》ク。

七、当直割リノコトデ文句ヲ云《イ》フナ。定メラレタ通リ、ドシ〳〵ヤレ。病気デ困ッテヰ《イ》ル人ノ為ニハ進ンデ当直ヲ変ッテヤルベシ。

八、食事ニ際シテハ人ニ不愉快ナ感ジヲ抱《イダ》カシメルガ如《ゴト》キハ遠慮セヨ。又、會話《カイワ》等ニハ精錬サレタ話題ヲ選べ。

九、次室内ニ一人シカメ面《ツラ》ヲシテ、フクレテヰ《イ》ルモノガアルト、次室全体ニ暗イ影ガ出来ル。一人愉快ナ朗《ホガラ》カナ人ガ居《イ》ルト明ルクナル。

一〇、病気ニ罹《カカ》ッタトキニハスグ先任者ニ知ラセテ置ケ。休業ニナッタラ先任者ニ届ケルト共ニ分隊長ニ届ケ、副長ニ御願イシテ職務ニ関スル事ハ他ノ次室士官ニ頼ンデ居《オ》ケ。

一一、次室内ノ如《ゴト》ク多数ノ人ガ居《オ》ル処《トコロ》デハ、ドウシテモ乱雑ニナリ勝《ガチ》ナリ。重要書類ガ見エナクナッタトカ、帽子ガナイトカ云《イ》ッテワメヰテヰル様ノナイ様常ニ心掛ケヨ。自分ガヤリ放《パナシ》ニシテ従兵《ジュウヘイ》ヲ怒鳴《ドナ》ッタリ、他人ニ不愉快ナ思ヒヲサセルコトハ慎《ツツシ》ムベキナリ。

一二、暑イトキ公室内デ仕事ヲスルノニ、上衣ヲ取ル事ハ差支《サシツカ》ヘナイガ、シャツ迄《マデ》脱イデ裸ニナルハ甚《ハナハ》ダシキ無作法《ブサホウ》デアル。

一三、食事時ハ必ズ軍装ヲ着スベシ。事業服ノマヽ食卓ニツイテハナラヌ。急《イソ》シイ時ハ上衣ダケデモ着換《ガ》ヘテ食事ニ就《ツ》クコトニナッテヰル。

一四、次室士官ハ忙《イソガ》シイノデ一律ニハ行カナイガ、原則トシテハ一同ガ食卓ニツイテ、次室長ガ始メテカラ箸《ハシ》ヲ取ルベキモノナリ。食卓ニ就《ツイ》テ従兵ガ自分ノ処《トコロ》ヘ先ニ給仕ヲシテモ、先任者カラ給仕セシムル如《ゴト》ク命ズベキダ。古参ノ人ガ待ッテヰ《イ》ルノニ、自分カラ始メルノハ礼儀デナイ。

一五、入浴ハ先任順ヲ守ルコト。水泳トカ武技《ブギ》トカ行《オコナ》ッタ時ハ別ダガ、其他《ソノタ》ノ場合ハ遠慮スベキダ。

一六、古参ノ人ガ「ソファー」ニ寝転《ネコロ》ンデヰ《イ》ルノヲ見テ眞似テハナラヌ。休ム時デモ腰ヲ掛ケタ儘《ママ》、居眠リスル位ニセヨ。

一七、次室内ニ於《オ》ケル言語ニ於《オイ》テモ気品ヲ失フナ。他人ニ不快ナ念ヲ生ゼシムベキ行為、風《フウ》態《テイ》ヲナサズ。又、下士官考課表等ニ関スル事ヲ軽々シク口ニスルナ。不仕鱈《フシダラ》ナ事モ、人秘《ジンピ》ニ属スル事モ、従兵《ジュウヘイ》ヲ介《カイ》シテ兵員室ニ傳《ツタ》ハリ勝《ガチ》ナモノナリ。士官ノ威信《イシン》モ何モアッタモノデハナイ。

一八、趣味トシテ、碁《ゴ》、将棋《ショウギ》ハ悪クナイガ、之《コレ》ニ熱中スルト兎角尻《トニカクシリ》ガ重クナリ易《ヤス》イ。趣味ト公務ハハッキリ区別ヲツケテ心シテ公務ヲ疎《オロソカ》ニスル様《ヨウ》ナコトガアッテハナラヌ。

一九、オ互ニ他ノ立場ヲ考ヘテヤレ。自分ノ忙《イソガ》シイ最中ニ仕事ノナイ人ガ寝テヰ《イ》ルヲ見ルト、非難シタイ様ナ感情ガ起《オコ》ルモノダガ、度量ヲ宏《ヒロ》クモッテ、夫々《ソレゾレ》ノ人ノ立場ニ理解ト同情トヲ持ツコト肝要《カンヨウ》。

二〇、従兵《ジュウヘイ》ハ従僕ニ非《アラ》ズ。当直其他《ソノタ》、教練作業ニモ出《イ》デ、其《ソ》ノ上ニ士官ノ食事ノ給仕《キュウジ》ヤ、身ノ廻リノ世話マデスルノデアルカト云《イ》フ事ヲヨク承知シテ居《オラ》ネバナラヌ。余リ無理ナ用事ハ言ヒ付ケナイ様ニセヨ。自分ノ身辺ノ事ハ成ルベク自分デ処理セヨ。従兵ガ手助ケシテクレタラ、其《ソノ》分丈《ダ》ケ公務ニ精励《セイレイ》スベキナリ。釣床《ツリドコ》ヲ吊《ツ》ッテ呉《ク》レタリ、食事ノ給仕ヲシテクレタリスルノヲ有難《アリガタ》イト思フノハ束《ツカ》ノ間。生徒、候補生時代ノコトヲ忘レテシマッテ、傲然《ゴウゼン》ト従兵ヲ呼ンデ、一寸《チョット》新聞ヲ取ルニモ、自分ノモノヲ探スニモ、之《コレ》ヲ使フガ如《ゴト》キハ自我品位ヲ下ゲテ終《シマ》フ所以《ユエン》ナリ。又、従兵ヲ「ボーイ」ト呼ブナ。

二一、夜遅クマデ酒ヲ飲ンデ騒イダリ、大聲《オオゴエ》デ従兵ヲ怒鳴《ドナ》ッタリスル事ハ慎《ツツシ》メ。

二二、課業時ノ外《ホカ》ニ必ズ出テ行クベキモノニ、銃器手入、武器手入ニ受持短艇ノ揚《ア》ゲ卸《オロ》シガアル。

＊釣床《ツリドコ》……ハンモック。水兵の寝床。吊床《つりどこ》とも書く。

戦闘力最優先で設計された日本の軍艦には、士官用はあっても兵にはベッド・スペースはなく、ハンモックの中だけが彼等の唯一のプライバシーの場であった。ハンモックは寝具であると同時に、戦闘中は上甲板に持ち出されて「マントレット」(MANTLET)と称する防弾具ともなる。敵弾が艦に命中、あるいは至近弾で海中に落ちると、その弾丸が激しい勢いで四散して艦体を破り、兵員を殺傷する。軍艦は全体が硬い鋼鉄製だから、艦体にぶつかった断片は跳弾となり、存続エネルギーがゼロになるまであちこちを飛び回って危険極まりない。

そのため艦内のハンモックを総動員して司令塔や魚雷発射管、ハッチ等の重要部や装甲の薄い箇所にクッションとしてくくり付ける。その間はベッドがなくなるから、兵達は堅い甲板でゴロ寝となる。

このハンモックには通し番号が打ってあり、古い軍歴の順に古い番号のハンモックを使うから、兵隊の序列をハンモック・ナンバーともいう。「釣床番号」と言わなかったところに明治のハイカラ調がうかがえる。

第三　転勤ヨリ着任マデ

一、転勤命令ニ接シタナラバ、成可《ナルベ》ク早ク赴任《フニン》セヨ。一日モ早ク新任務ニ就《ツ》クコトガ肝要。
退艦シタナラバ直《タダチ》ニ最短時間ヲ以《モッ》テ赴任《フニン》セヨ。道草ヲ食フナ。

二、「立ツ鳥後ヲ濁《ニゴ》サズ」。仕事ヲ全部片附ケ置《オ》キ、申継ギハ萬遺漏《バンイロウ》ナクヤレ。申継グベキ後任者ガ来ナイ時ニハ、明細ニ申継ヲ記註《キチユウ》シ置《オ》キ、之《コレ》ヲ確実ニ托《タク》シ置ケ。

三、退艦ノ際ハ適時《テキジ》、司令官ニ伺候《シコウ》シ、艦長、副長以下各室ヲ廻リ挨拶《アイサツ》セヨ。

四、新《アラタ》ニ着任スベキ艦ノ役務《エキム》所在、主要職員ノ名ハ前以《モッ》テ心得《ココロエ》置ケ。

五、退艦、着任ハ通常礼装ナリ。

六、荷物ハ早目ニ發送《ハッソウ》シ、着任シテモ尚《ナオ》荷物ガ未《イマ》ダ到着セヌト云《イ》フ様《ヨウ》ナコトアルベカラズ。
手荷物トシテ送レバ早ク着ク。

七、着任セバ直《タダチ》ニ荷物ヲ整頓《セイトン》セヨ。

八、着任スベキ艦ノ名ヲ記入シタ名刺ヲ予《アラカジ》メ数枚用意シテ置キ、着任予定日ヲ艦長ニ打電シテ置クガ良イ。

……乗組
海軍々醫少尉　杉浦正博

九、着任スベキ艦ノ所在ニ赴任《フニン》シタルトキ、ソノ艦ガ居《オ》ラヌ時、例《タト》ヘバ急ニ出動シタ後ニ赴任シタ様ナトキハ、所在鎮守府《チンジュフ》、警備府ニ出頭シテ其《ソノ》指示ヲ受ケヨ。更《サラ》ニ又、ソノ地ヨリ他ニ旅行スルヲ要スルトキハ証明書ヲ貰《モラ》ッテ行ケ。

一〇、着任シタナラバ、当直将校ニ名刺ヲ差出シ、「只今着任シマシタ」ト届ケルコト。当(副)直将校ハ副長ニ、副長ハ艦長ノ所ニ案内シテ下サルノガ普通デアル。副長カラ艦長ノ処《トコロ》ヘツレテ行カレ、次室長ガ案内シテ各室ニ挨拶《アイサツ》ニ行ク。艦ノ都合ノヨイトキニ、乗員一同ニ對《タイ》シテ副長カラ紹介サレル。艦内配置ハ副長、或ハ艦長カラ手渡サレル。

一一、各室ヲ一巡シタナラバ、着物ヲ着換ヘテ一《ヒト》ワタリ艦内ヲ巡《メグ》ッテ艦内ノ大体ヲ見ヨ。

一二、配置ノ申継《モウシツギ》ハ、実地ニ当ッテ納得ノ行ク如《ゴト》ク確実綿密ニ行ヘ。一旦《イッタン》引継イダ以上ハ全責任ハ自己ニ移ルノダ。特ニ人事ノ取扱ハ引継イダ当時ガ一番危険。一通リ当ッテ見ル事ガ肝要ダ。就中《ナカンヅク》、叙勲《ジョクン》ノ計算ハ成可《ナルベ》ク早クヤッテオケ。

一三、着任シタ日ハ勿論ノコト、一週間ハ毎夜巡検ニ随行スル如《ゴト》クセヨ。乗艦早々カラ「上陸ヲ御願ヒシマス」等ハ以《モッ》テノ外《ホカ》ダ。

一四、転勤セバ成可《ナルベ》ク早ク前艦ノ艦長、副長、機関長、夫々《ソレゾレ》各室ニ乗艦中ノ御厚意ヲ謝《シャ》スル禮状《レイジョウ》ヲ出スコトヲ忘レテハナラヌ。

一五、訪問ハ執務《シツム》時間内ニ之《コレ》ヲ行《オコナ》ヒ、二十四時間内ニ之《コレ》ヲ行フベシ。

＊伺候《シコウ》……身分の高い人のそばに仕えること。参上してご機嫌をうかがうこと。
＊鎮守府《チンジュフ》……国を外敵から護り安定させるの意。海軍の大きな陸上基地のことで、横須賀、呉、佐世保、舞鶴の四ヶ所あった。現在の自衛隊では地方総監部がこれに当たる。
＊巡検《ジュンケン》……副長が一日の締めくくりに、甲板士官以下を従えて艦内外の安全を確認すること。

第四　乗艦後、直《タダチ》ニナスベキ事項

一、直《タダチ》ニ部署内規ヲ借リ受ケ熟読シ、艦内一般ニ通暁《ツウギョウ》セヨ。

二、総員起床前ヨリ上甲板《カンパン》ニ出《イ》デ、他ノ当直将校ノ艦務遂行振《スイコウブ》リヲ見学セヨ。

二、三日当直振《ブ》リヲ注意シテ見テ居《オ》レバ其《ソノ》艦ノ当直勤務ノ大要《タイヨウ》ハ分ル。而《シカ》シテ練習艦隊ニテ習得セル所ヲ其礎《ソノイシズエ》トシテ、其《ソノ》艦ニ最適合セル当直ヲナスコトガ出来ル。艦内施《シ》行《コウ》ハ成可《ナルベ》ク速《スミヤカ》ニ寸暇ヲ利用、乗艦直後ニナセ。

三、乗艦後一月《ヒトツキ》経過セバ、隅々《スミズミ》マデ知悉《チシツ》シ、分隊員ハ勿論、其《ソ》他ノ分隊員ト雖《イエド》モ主ナル下士官ノ姓名ハ承知スル如《ゴト》ク心懸《ココロガ》ケル。

＊知悉《チシツ》……ある物事について細かい点まで知りつくすこと。

第五　上陸ニ就《ツイ》テ

一、上陸ハ控《ヒカ》ヘ目ニセヨ。吾人《ゴジン》ガ艦内ニアルト云《イ》フコトガ、職責ヲ盡《ツク》スト云フ事ノ大部分デアル。職務ヲ捨テ置《オイ》テ上陸スルハ以《モッ》テノ外《ホカ》ナリ。状況ニヨリ一律ニハ行カヌガ、分隊長ガ居《オ》ラヌ時ハ分隊士ガ残ル様《ヨウ》ニセヨ。

二、上陸スルノガ如何《イカ》ニモ権利デアル様ニ「副長上陸シマス」ト云フベキデナイ。「副長上陸ヲオ願ヒシマス」ト言へ。

三、若ヒ時ニハ上陸スルヨリモ、艦内ノ方ガ面白ヒト云フ様《ヨウ》ニナラネバナラヌ。又上陸スルトキハ自分ノ仕事ヲ終ッテサッパリトシタ気分デ、ノビ〱ト大《オオイ》ニ浩然《コウゼン》ノ気ヲ養へ。

四、上陸ハ別科後ヨリオ願シ、最後定期ニテ帰艦スル様ニセヨ。出港前夜ハ必ズ艦内ニテ寝ル様ニセヨ。

五、上陸スル場合ニハ副長ハ、己《オノ》ガ従属スル上官ノ許可ヲ得、同室ニ願ヒ、当直将校ニオ願ヒシテ行クノガ慣例デアル。此《コ》ノ場合、「上陸ヲオ願ヒシマス」ト云フノガ普通。同僚ニ對《タイ》シテハ単ニ「願ヒマス」ト云フ。之《コ》ノ「願ヒマス」ト云フ言葉ハ簡単ニシテ意味深長、仲々重宝《ナカナカチヨウホウ》ナモノデアル。即《スナワ》チ之《コ》ノ場合、上陸ヲ願フノト、上陸後留守中ノコトヲ宜《ヨロ》シク頼ムト云フ両様ノ意味ヲ含ンデヰ《イ》ル。用意ノヨイ人ハ、更《サラ》ニ関係アル准《ジュ》士官《ンシカン》、或《アルイハ》分隊先任下士官ニ知ラセテ出テ行ク。帰艦シタナラバ、出ル時ト同様ニ届ケレバ可《ヨイ》。但《タダシ》、夜遅ク帰艦シテ上官ノ寝テシマッタ後ハ此《コノ》限リニアラズ。士官室ニアル札ヲ裏返ス様ニナッテヰル艦デハ、必ズ自分デ之《コレ》ヲ返ス様注意セヨ。

六、病気等デ休ンデヰ《イ》タトキ、癒《ナオ》ッタカラトテ直《ス》グ上陸スルガ如《ゴト》キハ分別ガ足ラヌ。休ンダ後ナラ仕事モ溜《タマ》ッテ居《オ》ラウ。遠慮ト云《イ》フ事ガ大切ダ。

七、休暇カラ帰ッタ時、帰艦ノ旨《ムネ》届ケタナラ、第一ニ留守中ノ自分ノ仕事及《オヨビ》艦内ノ状況ヲ一通リ目ヲ通セ。着物ヲ着換ヘテ受ケ持ノ場所ヲ廻ッテ見テ、不在中ノ書類ヲ一通リ目ヲ通ス必要ガアル。

八、休暇ヲ戴《イタダ》ク時、其《ソノ》前後ニ日曜、公暇日《コウカビ》ヲ付ケテ、規定時日以上ニ休暇スルガ如《ゴト》キハ最モ若年士官ラシクナイ。

九、職務ノ前ニハ上陸モ休暇モナイト云《イ》フノガ士官タル態度デアル。転勤シタル場合、前所轄《シヨカツ》カラ休暇移牒《イチヨウ》ガアルコトアルケレドモ、新所轄ノ職務ノ関係デハ戴《イタダ》ケナイ事ガ多イ。副長カラ移牒《イチヨウ》休暇デ帰レト言ハルレバ戴《イタダ》イテモ良イ。ケレ共自分カラ申出ルガ如《ゴト》キハ決シテアッテハナラヌ。

＊移牒《イチヨウ》……所轄《しよかつ》の異なる他の部隊などへ文書で通知すること。

第六　部下指導ニ就《ツイ》テ

一、常ニ至誠《シセイ》ヲ基礎トシテ、熱ト意気ヲ以《モツ》テ国家保護ノ大任ヲ擔当《タントウ》スル干城築造者《カンジヨウチクゾウシヤ》タルコトヲ心掛《ガ》ケヨ。

「巧ハ部下ニ譲《ユズ》リ、部下ノ過《アヤマ》チハ自ラ負《オ》フ」トハ西郷南洲翁ノ教ヘシ所ナリ。

「先憂後楽《センユウコウラク》」トハ味《アジワ》フベキ言《ゲン》デアッテ、部下統禦《トウギョ》ノ機微《キビ》ナル心理モカヽル処《トコロ》ニアル。統禦《トウギョ》者タル吾々《ワレワレ》士官ハ常ニ此《コ》ノ心懸《ココロガケ》ガ必要ナリ。

二、石炭積等、苦シイ作業ノ後ニハ、士官ハ最後ニ帰ル様ニ努メ、寒イトキニ海水ヲ浴《ア》ビ乍《ナガ》ラ作業シタ者ニハ、風呂ヤ衛生酒ノ世話マデシテヤレ。部下ニ努メテ接近シテ下情《カジョウ》ニ通ゼヨ。但《タダシ》部下ニ狃《ナ》レシムルハ最モ不可、注意スベキナリ。

何事《ナニゴト》モ「ショートサーキット」ヲ慎《ツツシ》メ。一時ハ便利ノ様《ヨウ》ダガ非常ナ悪結果ヲ齎《モタ》ラス。例《タト》ヘバ分隊士ヲ抜キニシテ、分隊長ガ直接先任下士官ニ命ジタルトシタラ、分隊士タル者、如何《イカ》ナル感ヲ生ズルカ。是《コレ》ハ一例ダガ必ズ順序ヲ経《ヘ》テ命ヲ受ケ、又ハ下スト言フ事ガ必要ナリ。

三、「率先躬行《ソツセンキユウコウ》」。部下ヲ率ヒ、次室士官ハ部下ノ模範タルコトガ必要ダ。物事ヲナスニモ常ニ衆《シュウ》ニ先立チ、難事ト見レバ眞先ニ之《コレ》ニ当リ、決シテ人後《ジンゴ》ニ遅《オク》レザル覚悟アルベシ。又自分ガ出来ナイカラト言フテ、部下ニ強制シテモ良クナイ。部下ノ機嫌《キゲン》ヲ取ルガ如《ゴト》キモ亦《マタ》、絶對禁物《ゼツタイキンモツ》ナリ。

四、部下ノ悪キ処《トコロ》アラバ、其《ソノ》場デ遠慮ナク叱正《シツセイ》セヨ。温情主義ハ絶對禁物デアル。然《シカ》シ叱《シツ》責《セキ》スルトキハ場所ト相手ヲ見テナセ。

正直小心ニ若イ兵員ヲ厳酷《ゲンコク》ナ言葉デ叱《シカ》リツケルトカ、又下士官ヲ兵員ノ前デ叱責スル等ハ百害アリテ一利ナシト知レ。

五、世ノ中ハナンデモ「ワングランス」デ評價《ヒョウカ》シテハナラヌ。誰ニモ長所アリ短所アリ。長所サヘ見テ居《オ》レバ、ドンナ人デモ悪ク見エナイ。又コレダケノ雅量《ガリョウ》ガ必要デアル。

六、部下ヲ持ッテモソウデアル。先《マ》ズ其《ソ》短所ヲ探スニ先立チ、長所ヲ見出スコトガ肝要デアル。賞ヲ先ニシテ罰ヲ後ニスルハ古来ノ名訓ナリ。分隊事務ハ部下統禦《トウギョ》ノ根底デアル。敍勲《ジョクン》、善行章等ハ特ニ愼重ニヤレ。又一身上ノ事マデ立入リ、面倒ヲ見テヤル様心掛《ココロガ》ケヨ。分隊員ノ入院患者ハ時々見舞ッテヤルト言フ親切ガ必要ダ。

*先憂後楽《センユウコウラク》……范仲淹『岳陽楼記』の「天下の憂《うれ》えに先んじて憂え、天下の楽しみに遅れて楽しむ」から、国家の安危については人より先に心配し、楽しむのは人より遅れて楽しむこと。志士や仁者など、立派な人の国家に対する心がけを述べた語。「楽しみは後で」という意味ではない。

*率先躬行《ソッセンキュウコウ》……人に先立って行なうこと。

*ワングランス……ひと目。一見（One Glance）。ちょっと見ただけで判断すること。

第七　其他《ソノタ》一般

一、服装ハ端正ナレ。汚レ作業ヲ行フ場合ノ外《ホカ》、特ニ清潔端正ナルモノヲ用ヒヨ。帽子ガマガッテヰ《イ》タリ、「カラー」ガ不揃《フゾロ》ヒノ儘《ママ》飛ビ出シタリ、靴下ガダラリト下ッテキタリ、若《モ》シクハ皺《シワ》ノ寄ッタ服ヲ着テヰルト、如何《イカ》ニモダラシナク見エル。其人《ソノヒト》ノ人格ヲ疑ヒ度《タ》クナル。

二、靴下ヲ付ケズ靴ヲ穿《ハ》イタリ、「ズボン」ノ後ノ「ビジョー」ガツケテナカッタリ、或《アルイ》ハダラリトシタリ、下着ヲ着ケズ素肌ニ夏服、事業服ヲ着ケタリスルナ。

三、平服ヲ作ルノモ一概ニ非難スベキデナイガ、必要ナル制服ガ充分整ッテ居《オ》ラヌノニ平服等作ルノハ本末顛倒《テントウ》ナリ。

制服其他《ソノタ》、御奉公ニ必要ナル服装属具等、何一ツ欠《カ》クルトコロナク揃《ソロ》ッテ尚《ナオ》余裕アラバ、平服モ作ルト云《イ》フ程度ニセヨ。

平服ヲ作ルナラバ、落チツイテ上品ナ上等ナモノヲ選べ。無暗《ムヤミ》ニ派手ナ流行ノ先端ヲ行ク服ヲ着テ居《オ》ル若年士官ヲ見ルト、歯ノ浮ク様ナ気ガスル。

「ネクタイ」ヤ「帽子、靴」「ワイシャツ」「カラー」「カフス釦《ボタン》」マデ、各人ノ好ミニヨルコトデハアロウガ、先《マ》ズ上品デ調和ヲ得ルヲ以《モッ》テ第一トスベキナリ。

四、靴下モ、余リケバ〳〵シイハ下品ナリ。服ト靴ニ調和スル色合ノモノヲ用ヒヨ。縞《シマ》ノ靴下等、成可《ナルベ》クハカヌ事。事業服ニ縞《シマ》ノ靴下等以《モッ》テノ外《ホカ》ダ。

五、一番目立ッテ見ヘルノハ「カラー」ニ「カフス」ノ汚レデアル。注意セヨ。又「カフス」ノ下カラ、シャツノ出テヰ《イ》ルノモ可笑《オカ》シイモノナリ。

六、羅針盤《ラシンバン》ノ右舷階梯《ウゲンカイテイ》ハ、副長以上ノ使用サルベキモノ。艦橋ニ上ッタラ敬礼ヲ忘ルナ。

七、陸上ニ於《オイ》テ飲食スルトキハ必ズ一流ノ所ニ入レ。何処《ドコ》ノ軍港ニ於《オイ》テモ士官ノ出入スル処《トコロ》ト、下士官ノ出入リスル所ハ確然《カクゼン》タル区別アリ。若《モ》シ二流以下ノ処《トコロ》ニ出入シテ飲食シタリ、又酒ノ上デ士官タル態度ヲ失フ等、体面ヲ汚ス様ナコトガアッタラ一般士官ノ体面ニ関スル重大事ダ。

八、「クラス」ノ為ニハ全力ヲ盡《ツク》シ、一致団結セヨ。

汽車ハ二等ニ乗レ。金銭ニ對《タイ》シテハ恬淡《テンタン》ナレ。節約ハ勿論ダガ吝嗇《ケチ》ニ陥《オチイ》ラヌ様注意肝心。

常ニ慎独《シンドク》ヲ「モットー」トシテ進ミタキモノナリ。是非《ゼヒ》弁別《ベンベツ》ノ判断ニ迷ヒ、自分ヲ忘却セルガ如《ゴト》キ振舞《フルマヒ》ハ吾人《ゴジン》ノ與《クミ》セザル処《トコロ》ナリ。

（終り）

＊ビジョー……尾錠。帯革、ひもなどの先に取り付けて、左右から寄せて締める金具。男子のチョッキやズボンの後ろなどに用いる。バックル。尾錠金。

＊階梯《カイテイ》……はしごだん。

＊事業服《ジギョウフク》……作業服のこと。

＊慎独《シンドク》……「礼記」大学の「君子《くんし》は必ず其《そ》の独《ひと》りを慎《つつし》むなり」などから、自分一人のときでも行ないを慎《つつし》み、雑念の起こらないようにすること。

あとがき

戦時中、東京の江戸川区東小松川（旧住居は現江戸川区中央）にいた私は大杉国民学校（小学校）に通っていたが、空襲が激しくなったので疎開する事になった。昭和二十年三月二十三日、私は列車を三回位乗り換え、一日半掛けて山形県の西湯田川郡湯田川村（現鶴岡市）へ行った。江戸川の六校ほどの子供達と一緒であった。湯田川は山深い温泉地でもあった。

八月十五日、その湯田川で玉音放送を聞いた。ラジオのスピーカーから聞こえる天皇陛下の声は雑音が多くて聞き取れず、さっぱり分からなかった。その後、先生から日本が負けた事を聞かされた。日本が戦争に負ければ米英に全員殺される。が、逆に日本が勝てば米英人を殺すものだと子供心に考えていた。というのは、当時の日本の教育方針が軍の指導の下で行なわれていたためであった。

九月十日頃であったか、両親が迎えに来て姉と私と妹は江戸川に帰ったのである。今でもこの時の疎開仲間で構成する「大杉会」というのがあり、毎年十一月上旬にクラス会が催されている。

兄が最後に乗艦した船は「しょうとく丸」であるが、我が家の墓の兄の石碑に刻まれた碑文には「松徳丸」と記されている。私は私で「正徳丸」と長いこと思い込んで来た。どちらが正しいのか判断しかねていた頃、偶然にも産経新聞の連載記事「あの戦争」に載っていたのだ。「昭徳丸」は昭和十八年六月二十八日に沈んだと書かれていたのだ。どちらでもいいじゃないか、と言われそうだが遺族としてみればそうはいかない。私は兄の正しい歴史が知りたいのだ。これで謎が一つ解けたというものである。

兄の日記の原本の写しをご覧頂けたと思うが、活字のようにスラスラと楽に読めるものではない。旧漢字の崩し字に加えて現代ではほとんど使われない語句が多く、すべての文字や語句の判読には正直言って苦労がいった。もちろん私自身、何度も繰り返し読んで来たけれど、一字一句まで完全に読み切った訳ではない。出版に当たり、本人の記述に忠実に、正確を期したかったので幾つもの辞書を駆使して判読した。

母が昭和五十四年（一九七九）三月に機会があってサイパンを訪れた時、兄が一時《いっとき》でも居たであろう病舎跡にたたずみ、その場を離れる事が出来ず長い時間、目を閉じて兄を偲《しの》んでいた。子供の頃から一時帰還までの二十数年間の思いが駆け巡っていたのだろう。その最後の温もりをこの病舎から感じ取ろうとしたのだと思う。親にとって最初の子供というのは、他の子供にはない格別の思いがあるようだ。生きていれば……、と思わないはずがない。あの子が死んで三十六年、主人も他界し、自分も八十歳と年をとってしまった。あの世でまた会えるとも思ったのではないだろうか。

サイパンへは母と家内と共に「周和会」というテニス愛好会の古き良き仲間たちと行った。三泊四日という短期間ではあったが、テニスは勿論《もちろん》、蒼《あお》い海と空の下《もと》、白砂の上で童心に返ったりで存分に楽しんだ。その思い出の数々の写真の一コマに、あの若大将、加山雄三氏と母のツーショットがある。加山氏は、たまたまご家族で遊びに来られていて、浜辺でお目にかかり記念に撮らせて頂いたものだ。今は南の楽園となっているが、かつては戦場であり兄も短期間とはいえ滞在したサイパンへの複雑な思いの中で、加山氏との出会いは偶然ではあったが爽やかな清涼剤になった事は間違いなく、今でも私の家に記念として飾ってある。

今年で戦後五十五年が経ち、兄が戦死してから五十七年の歳月が過ぎた。激動の「昭和」は遠くなり、あの戦争の体験者が次々と他界して行く。もし、兄が生きていれば八十歳になる。病気でもなければまだまだ矍鑠《かくしゃく》たるものだろう。私の兄弟姉妹は十二人いる。生きていれば戦地の話ばかりでなく、兄弟として色々な話も聞けただろうに。兄がこの世から姿を消してしまった事は私の人生上、最大の無念となって今日に至っている。

まえがきでも触れたが、兄の日記は戦時中に書かれ、しかも最前線の軍艦の中で書かれたものである。死の原因となった負傷は警備行動中に受けたものだ。戦死した家族を想う時、あの戦争さえなかったら……と思わない人間はいないだろう。どうして日本は中国大陸へ行ったのだろう？　どうして日本は大国アメリカとの戦争に突入したのだろう？　どうして兄は遥《はる》か数千キロの赤道を越える彼方の南洋に行ったのだろう？　敵とは何なのだろう？　あの戦争とは一体、何だったのだろう？　そんな疑問の数々が今でも時々、頭をよぎる。兄の想い出が蘇《よみがえ》る時、それと同時に、若い頃の母の顔、長生きして逝《い》った晩年の母の顔、兄の訃報《ふほう》が届いた時の父の悲嘆に暮れた顔などが浮かんで来る。みんな元気で生きていた子供の頃の風景と、今はなき肉親を偲《しの》ぶ時の、自分だけ置いて行かれたような、言い知れぬ寂しさが交錯《こうさく》する。そんなセンチメンタルな情緒に常に付きまとうのが、これらの疑問符の数々なのだ。

終戦の時、私は十一歳だった。終戦から復興という、それまでの日本にはなかった明るさと自由の中で少年時代と青年期を過ごし、その後の高度経済成長の中で、私も企業人の一人として一応は活躍して来たつもりだ。定年後にはもともと趣味でもあったテニスに力を注ぎ、文部大臣認定テニス指導員の資格を取り、地域のテニス振興に一役買っている。疲れた夕べには晩酌も楽しむ平凡な日々ではある。とは言っても長い間には、もちろん人並みの色々な出来事はあった。だが全体から見れば、戦後は安穏《あんのん》とした長い平和な日々であった。そして終戦から五十五年目の夏がまもなくやって来る。私も昔を振り返って「心の整理」をしてみたくなった。本書の刊行はその実行の第一弾とも言える。

兄が戦争で逝《い》ったのは分かり切っている。致命傷を受けた場所がサイパン島付近だという事も分かっている。息を引き取ったのは呉の海軍病院だという事も十分に認識している。解《わか》りたいのは、何が兄をそうさせたのか？　なのだ。心の整理とはそれを言っている。あの戦争がなぜ起きたかという理由は、私とても戦中派だから常識的な事は知っている。だが、何か釈然としないものが常に傍《そば》にあった。戦後五十年が経《た》った辺《あた》りから戦争の惨禍《さんか》ばかりが語られ、その原因となった理由についてはほとんど語られる事がないように思う。結果の分析も大事だが、原因も同じく分析されなければならないと思う。それでなくては歴史というストーリーの「因果関係」を理解する事は出来ないし、また歴史から教訓を学ぶ事も出来得ないだろう。兄の気持ちや立場を知る手立てになればと思い、いま一度、当時の世界情勢を振り返り、特に先の大戦の原因となった中国大陸を巡る日本とアメリカの熾烈《しれつ》な利害衝突の中で、それぞれの国家と人々が何を考え、何を行動したかを、残された私の人生の中で考えて行きたい。

なお、この戦陣日記は、資料（史料）として昭和六十年（一九八五）七月九日、防衛庁の防衛研究所戦史部戦史室（編集部註：現防衛省防衛研究所戦史研究センター）に、今後の教育及び研究資料として提供、複写・記録された。

本書の制作に当たって日記文判読に多大な協力を賜りました飯塚正夫氏と、編集と資料提供に長いこと尽力して戴いた川上英明氏に御礼を申し上げますと共に、発刊に当たって助言および協力を戴いた雑誌「丸」の潮書房／光人社の牛嶋義勝常務取締役出版部長に感謝の意を表します。

最後に私の好きな歌、『海ゆかば』（日本海軍儀式歌。歌詞は大伴家持の長歌から取ったもの）を、あの戦争で散華《さんげ》された幾百万の英霊と兄に鎮魂の歌として捧げたい。

海行《うみゆ》かば　水漬《みづ》く屍《かばね》
山行《やまゆ》かば　草生《くさむ》す屍《かばね》
大君《おおきみ》の

辺《へ》にこそ死《し》なめ
かへ《え》りみはせじ

合掌

平成十二年春　埼玉県坂戸市にて

杉《すぎ》浦《うら》正《ただ》明《あき》

杉浦正博　略年譜

大正　九年（一九二〇）

一月一二日　千葉県香取郡佐原町に生まる

昭和一二年（一九三七）

三月　日本大学付属第一中学校卒業

昭和一六年（一九四一）

一二月　日本大学医学科卒業

昭和一七年（一九四二）

六月　海軍軍医学校卒業（軍医少尉）、直ちに海軍第四艦隊司令部付に補さる

六月二〇日　東京駅より列車にて呉へ向かう

六月二八日　巡洋艦「衣笠」に便乗、南方へ

七月　四日　トラック島入港、「衣笠」下艦、陸上勤務

七月二六日　サイパン島入港、陸上勤務

七月二七日　掃海艇「第二文丸」「第三関丸」両艇の軍医長職務執行被命
八月　二日　サイパン島にて便乗船「海平丸」乗船
八月　三日　テニアン島入港
八月　八日　ラバウル（ニューブリテン島）入港、「第二文丸」着任
八月一六日　ショーランド島入港
九月　二日　ブカ島入港
九月一〇日　ラバウル入港
九月一四日　ブカ入港
九月二六日　ラバウル入港
一〇月　七日　カビエン（ニューアイルランド島）入港
一〇月二七日　ラバウル入港
一〇月三一日　カビエン入港
一一月二四日　ラバウル入港
一二月　九日　カビエン入港～一二月三一日迄

以後の日記はロタ島近海の海底に昭徳丸と共に没す。

昭和一八年（一九四三）

三月　軍医中尉に昇進
四月　内地へ帰還
六月初旬　「昭徳丸」軍医長として再度南方へ
六月二八日　サイパン島沖ロタ島付近で敵潜水艦の雷撃を受け沈没、重傷、
ロタ島野戦病院に収容さる
八月　飛行機で内地帰還、呉の海軍病院入院
一〇月二一日　薬石看護の効なく遂に戦病死す
同日付けにて軍医大尉に昇進す
一二月二六日　海軍大臣嶋田繁太郎大将の弔問を受ける

【参考資料】……『写真　太平洋戦争　第一巻』・光人社刊
『産経新聞』紙上追体験「あの戦争」第八六回・産経新聞社
『海軍人造り教育』実松譲著・光人社刊
『海軍あれこれ』大町力著・西田書店刊
『戦艦大和と艦隊戦史』・新人物往来社
『図説　日本海軍』野村実監修・河出書房新社
「大辞泉」・小学館

単行本　平成十二年六月『海ゆかば』改題　元就出版社刊